Mister Lugosi und die verschwundenen Kinder

Frank M. Reifenberg, 1962 in der Nähe von Siegen geboren, absolvierte eine Ausbildung zum Buchhändler und arbeitete danach als Presse- und Öffentlichkeitsreferent. Er besuchte die Int. Filmschule Köln und schreibt seit dem Jahr 2000 Romane und Drehbücher. Seit 2008 engagiert er sich in der Leseförderung von Jungen, hält zu diesem Thema Seminare, Vorträge für Multiplikatoren und Workshops nur für Jungen. Die Universität zu Köln berief ihn als Lehrbeauftragten für die Leseanimation von Jungen. 2012 wurde er vom Luxemburger „Centre national de littérature" mit einem Stipendium ausgezeichnet. Der Autor lebt in Köln.

Frank M. Reifenberg

MISTER LUGOSI
und die
VERSCHWUNDENEN KINDER

Thienemann

Zeitungsmeldung im Stadtanzeiger:

Berühmte Violinistin in Mondsee-Klinik eingeliefert

von Anatol Lemur

Die auf allen Musikbühnen Europas gefeierte Violinistin Gwendoline Pepperfield wurde am Wochenende in das Sanatorium am Mondsee eingeliefert. Mrs Pepperfield erlitt einen Zusammenbruch, nachdem ihre Tochter Angelina auf einer Konzertreise spurlos verschwand. Das achtjährige Mädchen war dabei, in die Fußstapfen ihrer Mutter zu treten. Anlässlich einer Weihnachtstournee spielten erstmals Mutter und Tochter gemeinsam. Experten sagten dem Mädchen einen kometenhaften Aufstieg am Himmel der klassischen Musik voraus, der die Karriere von Gwendoline Pepperfield noch in den Schatten stellen sollte. Erst kürzlich hatte der Förderer und Lehrer Angelinas, Maestro Toscatello, dem Mädchen eine Geige von unschätzbarem Wert geschenkt. Da das Instrument mit dem Mädchen verschwand, vermutet die Polizei, dass Angelina Pepperfield Opfer einer skrupellosen Diebesbande wurde. Ihr Vater und ihr Bruder bezogen ein Haus am Rande der Stadt. Über die Dauer des Aufenthalts der Familie wurden keine Angaben gemacht.

Sechs Jahre später

Ein Laden, aus dem es starrt

Pepper hob den Blick vom wichtigsten Brief des ganzen Jahres. Eigentlich war es kein Brief, eher ein Zettel, und eigentlich sollte ein Junge in seinem Alter solche Zettel nicht schreiben. Mit zehn war man zu alt für so etwas.

Aber er schrieb jedes Jahr an diesem Tag, dem 1. Dezember, einen solchen Zettel. Nur ein paar Worte standen darauf, gerade ein Satz war es. Pepper bemühte sich um die beste Sonntagsschrift, die er zustande brachte, zerknüllte das hellblaue Papier, wenn auch nur ein Buchstabe danebengegangen war, und begann auf einem neuen Blatt von vorne. Er hatte genau zehn davon aus dem Schreibtisch im Wohnzimmer stibitzt.

Es roch ganz schwach nach Lavendel, dem Lieblingsduft seiner Mutter. Das ganze Möbelstück verströmte diesen Geruch, wie auch Mum selbst, ihre Kleider, ihre Haare immer nach den blassblauen Blüten dufteten. Auch wenn sie schon lange nicht mehr an diesem Tisch ihre Post erledigt hatte. Er blieb immer verschlossen, obwohl der Schlüssel von außen steckte.

Lavendelduft und die hellblauen dicken Briefbögen waren genau richtig für diesen Zettel, da war Pepper sicher. Irgendwann würde die Empfängerin seiner Nachricht reagieren.

Die Schneeflocken tanzten vor Peppers Fenster im zweiten Stock des windschiefen Hauses wie schon seit Jahren nicht. Es waren keine Flocken, sondern so dicke weiße Puschel, dass sich darin auch ein kleines geheimes Wesen hätte verstecken können. So hatte Pepper es sich als kleiner Junge jedenfalls vorgestellt. Er stellte sich oft Sachen vor. Im Sichsachenvorstellen war er einsame Spitze.

Leider gab es dieses Fach nicht in der Schule, aber das musste ihn an diesem Tag nicht kümmern. Die Schule war ausgefallen.

Es hatte schon Mitte November zum ersten Mal geschneit, und es war wieder eine so dicke weiße Puderschicht hinzugekommen, dass die einzige Straße Richtung Norden nicht mehr freigeräumt werden konnte. Mit ein bisschen Glück würde es noch zwei, drei Tage oder sogar eine ganze Woche dauern, bis Pepper wieder am Schulunterricht teilnehmen konnte.

Vielleicht sind es winzige Raumschiffe aus einem Sterngürtel am Rande des Universums, dachte Pepper, als eine Schneeflocke direkt vor der Scheibe auf und ab tanzte. Sie weigerte sich, in die Millionen der anderen Kristalle eingereiht zu werden, die sich schon auf dem Fensterbrett draußen aufhäuften.

Sie beförderten winzige Kreaturen zur Erde, die nach neuen Gebieten suchten, um sie zu besiedeln, das musste es sein. Leider würde ihre Besiedlung der Erde nichts werden. Im Frühjahr würden sie feststellen, dass ihre Behausungen schmolzen wie die Butter in der Pfanne, wenn Mrs Cloud Pepper zum Frühstück Spiegeleier briet. Das tat die Haushälterin jeden Morgen, jedenfalls solange Peppers Vater unterwegs war. »Der Junge braucht ein bisschen Speck auf die Rippen«, war ihre Devise.

Dad baute weit draußen vor der Küste des Kontinents riesige Windräder. Wenn er kurz vor Weihnachten wieder zurückkam, würde er auf Müsli mit Obst und Milch am Morgen bestehen.

Die etwas zu hohe Stimme von Mrs Cloud drang vom Erdgeschoss, wo sie wahrscheinlich am Treppenansatz stand, zu Pepper hinauf. »Vergiss nicht, etwas Holz im Kamin nachzulegen«, ermahnte sie ihn.

Sicher zauselte ihr aschgraues, von ein paar dunkelblonden Strähnen durchzogenes Haar unter dem Filzhut mit der aus demselben Material geformten Blume hervor. Mrs Cloud versuchte *das Gestrüpp da oben,* wie sie ihre Frisur nannte, mit ausnahmslos selbst gestalteten Kopfbedeckungen zu bändigen. Es gelang ihr nie. Ihre Haare konnten ebenso störrisch sein wie die füllige Person unter dem Schopf. Pepper vermutete, dass die Haare sich einfach nur gegen die ziemlich hässlichen Hüte, Kappen und Mützen, die Mrs Cloud ihnen aufzwang, wehrten.

»Ich bin erst spätabends zurück, das Essen steht im Kühlschrank«, hörte Pepper die Haushälterin rufen, dann klackerten ihre Stiefel über die Steinfliesen des Flurs, die Haustür knarrte und fiel ins Schloss.

»Und geh nicht ohne den Schal aus dem Haus«, murmelte Pepper.

»Und geh nicht ohne den Schal aus dem Haus!«

Mrs Cloud stand auf dem verschneiten Weg durch den Vorgarten, an dessen Seiten sich schon die Schneeberge auftürmten, die Pepper seit einigen Tagen morgens und manchmal sogar noch mittags und abends aufschaufelte. Sie wedelte mit beiden Händen zu seinem Fenster hinauf. Das war ein Zeichen dafür, wie sehr sie sich auf den Besuch bei ihrer Cousine und noch mehr auf den Besuch mit ihr in der Bingohalle freute. Der erste Mittwoch im Monat war für Mrs Cloud besser als jeder Feiertag, denn sie war leidenschaftliche Bingo-Spielerin, auch wenn sie dafür bis in den Nachbarort marschieren musste. Genauso leidenschaftlich tratschte sie mit ihrer Cousine und trank dazu Tee mit einem Schuss Brandy.

Pepper winkte zurück. Er sah, wie Mrs Cloud im Schneetreiben verschwand, und beugte sich wieder über den Zettel. Er setzte noch ein *Bitte!* an das Ende des kurzen Textes, unterschrieb ihn mit seinem vollen Namen und faltete ihn viermal. Er schob den Schreibtisch vom Fenster weg und öffnete es. Schnee stöberte ins Zimmer. Die Flocken zerflossen sofort auf der Fensterbank und auf der Tischplatte.

»Sorry!«, entschuldigte Pepper sich bei den Kreaturen aus dem All, man wusste ja nie! Vielleicht war es besser, höflich zu ihnen zu sein, wenn man schon ihre Raumschiff-Kristalle zum Schmelzen brachte.

Als er auf das Fensterbrett stieg, vergewisserte er sich noch einmal, dass Mrs Cloud schon um die Biegung, hinter der die Straße nach Westen abzweigte, verschwunden war. Wenn sie ihn auf dem Dach erwischte, drohte einer ihrer ausgiebigen Ohnmachtsanfälle, gefolgt von einer Strafpredigt.

Die sonst so robuste Frau litt unter Höhenangst. »Ich kann bei solchen Sperenzchen nicht einmal hinschauen«, hatte sie Pepper einmal eingebläut, als er versucht hatte, seinen selbst gebauten Drachen vom Dach herunterzuholen. Das war im zweiten Herbst nach dem Umzug hierher gewesen.

Bei dieser Gelegenheit hatte er auch den kleinen Kasten aus Holz entdeckt, den jemand direkt neben dem stillgelegten Kamin an der Nordseite des Hauses angeschraubt hatte. Die Box war nicht einmal so groß wie ein Schuhkarton. Die verwitterten Brettchen, aus denen sie zusammengenagelt worden war, hatte jemand mit Teerpappe ausgelegt. Der Deckel hatte sich ein bisschen verzogen, aber wenn man ihn fest zupresste, schloss er den Kasten wasserdicht ab.

Pepper balancierte über den steinernen Sims, der sich um das ganze Haus zog. Die Profilsohlen seiner Winterstiefel gaben ihm ausreichend Halt. Nur das schräge Stück hinauf zum Kamin war bei diesem Wetter ein gefährliches Hindernis. Im Sommer überwand Pepper die Dachschindeln ohne Probleme. Mit Schnee glichen sie jedoch der Schlittenbahn auf dem Hügel oberhalb des Ortes. Die

Schneeflocken tanzten um ihn herum, schon nach ein paar Schritten hatten sie sich in Peppers rötlichen Haaren, auf den Schultern, einfach überall festgesetzt.

Unterhalb des Kamins ging Pepper in die Hocke. Er legte sich auf den Rücken. Die Kälte zog sofort durch seine Kleider, aber es war kein unangenehmes Gefühl. Er spürte das Britzeln auf der Haut an den Schultern und den Oberschenkeln. Statt sofort nach oben zu robben, breitete er die Arme aus, hob sie an, bewegte sie langsam nach oben, ließ sie wieder absinken und wiederholte es immer wieder, bis seine Hände hoch über seinem Kopf zusammenstießen.

Ein Fächer, wie ausgebreitete Schwingen, war rund um seinen Oberkörper in den Schnee gedrückt. Mrs Cloud behauptete immer, das Christkind habe sich ausgeruht, wenn sie solche Spuren im Schnee gesehen hatten.

Das Britzeln wurde zu einem unangenehmen eisigen Stechen. Pepper drehte sich auf den Bauch. Seine Hände ertasteten unter dem Schnee das Seil, das er im Sommer um den Kamin geschlungen hatte. Es war noch da. Er griff danach und zog sich langsam nach oben. Auf dem Bauch liegend robbte er hoch zum Kamin. Ein paarmal glitt sein Fuß aus, aber dank des Seils rutschte er nicht hinunter. Oben hielt er sich nur mit der rechten Hand an dem Strick fest, mit der linken öffnete er den Kasten. Er legte den Zettel, den er vorne im Hosenbund sicher verstaut hatte, hinein und rutschte mit größter Vorsicht zurück auf den Sims.

Drei Minuten später stand er in seinem Zimmer und tauschte seine nassen Klamotten gegen frische Sachen, die er auf der Heizung vorgewärmt hatte. Als sein Blick auf den Wecker an seinem Bett fiel, beschleunigte er seine Handgriffe, schnappte seine Mütze, den Schal und die Handschuhe und machte sich eilig auf den Weg. Er wollte auf keinen Fall zu spät kommen. Er wusste, wie sehr das seine Mutter ängstigte.

Pepper überquerte die Straße schon einige Hundert Meter vor dem Haus, in dessen Erdgeschoss sich Mister Lugosis Laden befand. Natürlich hätte er mindestens fünf ganz harmlos klingende Gründe nennen können, warum man besser die Straßenseite wechselte, wenn man an diesem Geschäft vorbeimusste. Wenn Pepper ehrlich war, gab es jedoch nur einen einzigen.

Aus Mister Lugosis Laden starrte es.

Bisher hatte Pepper nur mit Mrs Cloud darüber gesprochen, die ihm ohne jede Einschränkung zugestimmt hatte. Viel hatte das bei Mrs Cloud nicht zu bedeuten. Sie las jeden Abend Gruselgeschichten, sodass sie schon beim Knarren der Tür zum Kräutergarten zusammenzuckte.

Aber aus Mister Lugosis Laden starrte es wirklich.

Pepper konnte es sich nicht erklären, weil man nie jemanden sah, der starrte. Es war auch nicht jemand, sondern eben – etwas.

Pepper beschleunigte seine Schritte, so gut es unter den

gegebenen Umständen ging. Der Bürgersteig war glatt wie eine Eisbahn, mehrmals rutschte Pepper fast aus. Er sah schon das Päckchen, das er unter dem Arm trug, in den Schnee fallen, aber er konnte sich doch auf den Beinen halten.

Er drückte das Geschenk an sich. Pepper hatte den Adventskalender selbst gebastelt, ihn in Weihnachtspapier aus dem vergangenen Jahr eingepackt, alte Zeitungen darumgewickelt, um ihn gut abzupolstern, und ihn in zwei Plastiktüten gesteckt, damit er nicht feucht wurde.

Seine Mutter würde sich freuen, da war Pepper sich sehr sicher, denn in jedem der vierundzwanzig Beutelchen, die er an einer Kordel aufgereiht hatte, steckte eine besondere Überraschung: ein Kastanienmännchen oder ein besonders glatter Stein aus dem Bach unterhalb der Mühle, eine Schwanzfeder von einem roten Milan oder getrocknete Apfelringe von dem knorrigen Baum im Vorgarten. Er hatte die Äpfel eigenhändig gepflückt, hatte sie entkernt, in Scheiben geschnitten, auf eine Kordel gefädelt und sie im Vorratskeller zum Trocknen aufgehängt.

Als Pepper fast auf der Höhe von Mister Lugosis Laden angekommen war, sah er den kleinen Lastwagen, der mit offener Ladefläche am Straßenrand parkte. Er hatte es wohl vom Süden her trotz des Schnees irgendwie bis in die Stadt geschafft. Zwei Männer luden eine Holzkiste ab. Sie war fast doppelt so hoch wie Pepper, in der Länge nahm sie die gesamte Ladefläche ein. Die Männer fluchten.

»Am Ende werden wir in dem Nest noch eingeschneit«,

motzte der Kleinere von beiden, auf dessen haarlosem Schädel der Schweiß glänzte. Kleine Dampfwölkchen stiegen über ihm in die kalte Luft auf.

Mister Lugosi, den man sonst so gut wie nie zu Gesicht bekam, humpelte an seinem Gehstock um den Lastwagen herum. »Vorsicht, meine Herren, größte Vorsicht!«, ermahnte er die Männer. Vor Aufregung versagte ihm fast die Stimme. »Wenn die Kiste hinunterfällt, ist vielleicht alles umsonst gewesen.«

»Keene Sorje, der Herr«, wehrte der lange dünne Arbeiter ab. »Bis zwee Mio sin' wa gesichatt.«

»*Ver*sichert, du Depp, das heißt *ver*sichert«, verbesserte ihn der dicke Kleine, wobei ihm die schwere Fracht fast aus der Hand rutschte, weil er mit dem rechten Zeigefinger an seine Stirn tippte. Er konnte das Unglück gerade noch verhindern.

»Nochma jut jejangen, wa?«, grinste der lange Dünne.

Mister Lugosi platzte nun der Kragen: »Der Inhalt dieser Kiste ist unbezahlbar, um Gottes willen!«, schrie er.

Die Männer bugsierten unter Ächzen und Stöhnen die sperrige Kiste ins Haus.

Pepper konnte sich nicht vorstellen, dass es etwas Wertvolles bei Mister Lugosi zu kaufen gab. Er handele mit Antiquitäten, hieß es. Schon seit Mister Lugosis Einzug im Spätsommer, es war der 12. September gewesen, hing ein Zettel an der Ladentür, auf dem in einer krakeligen Handschrift geschrieben stand:

Wegen Krankheit vorübergehend geschlossen!

Pepper konnte sich so genau an das Datum erinnern, weil ihm seit diesem Tag die Hälfte des linken Schneidezahns fehlte. Er war nur drei Häuser neben Mister Lugosis Laden von Miranda Moormans Vordach gefallen. Miranda hatte weinend am Fenster gestanden und mit einem verbogenen Kleiderbügel nach etwas in der Dachrinne geangelt. Wie sich später herausstellte, war es ein Ohrring gewesen, der erstens sehr wertvoll war und zweitens Mirandas Mutter gehörte.

Pepper war ohne mit der Wimper zu zucken am dicht gewachsenen Efeu hinaufgeklettert, hatte sich auf das schräg abfallende Vordach geschwungen und das Schmuckstück aus dem fauligen Wasser der Dachrinne gefischt. Er hatte zu spät gemerkt, dass die Halterungen des Fallrohrs fast völlig durchgerostet waren.

Ein leises Knacken warnte ihn zwar noch, aber das Blech zerbrach so schnell, dass Pepper sich nicht mehr halten konnte. Eine Buchsbaumhecke hatte den Sturz ein bisschen abgefangen, der Eckzahn hatte eine Ecke verloren und Pepper unglaublich an Ansehen gewonnen, bei Miranda jedenfalls.

An diesem Tag hatten die Umzugswagen vor dem Laden gestanden.

Mister Lugosi ging nie vor die Tür. Er bekam alles, was er brauchte, geliefert. Er hatte nicht einmal dem Pastor, der ihn in der Gemeinde begrüßen wollte, geöffnet, was Mrs Cloud besonders verdächtig fand.

Außer Harry, von dem niemand wusste, ob Harry

sein Vor- oder sein Nachname war, und dem die einzige Schlosserei weit und breit gehörte, durfte niemand ins Haus. Über der Einfahrt zu Harrys Werkstatt hing eine riesige Leuchtreklame in Form eines Vorhängeschlosses mit der Aufschrift: Keiner rein, keiner raus – Harry sichert alles. Alle Versuche, Harry über Mister Lugosi auszuhorchen, waren gescheitert. Der alte Mann musste ihm eine stattliche Summe für sein Schweigen gezahlt haben, denn sonst war bei Harry alles sicher, nur kein Geheimnis.

Der Schlosser hatte geschlagene zwei Wochen in Mister Lugosis Laden gearbeitet, Stahlplatten hineingetragen, sogar im Ausland besondere Bolzen und Schrauben geordert und erstmalig einen Katalog für Zahlenschlösser gewälzt. Eigentlich war das neumodischer Kram, den Harry ablehnte.

Vielleicht hat all das mit dieser unbezahlbaren Kiste zu tun gehabt, dachte Pepper. Einen Augenblick spielte er mit dem Gedanken, an der nächsten Straßenecke zu warten, um zurückzuschleichen, wenn der Lieferwagen wieder weg war. Vielleicht konnte er einen heimlichen Blick auf diese Lieferung werfen.

»Lauf los!«, befahl Mister Lugosi seinem Hund Homer.

Obwohl Mister Lugosi mit der Lieferung, auf die er so sehnsüchtig gewartet hatte, sehr beschäftigt war, hatte er den Burschen nicht aus den Augen gelassen. Der Junge, dessen vollständiger Name Jeremias W. Pepperfield lautete, war auch in dichtem Schneetreiben nicht zu übersehen. Die Pudelmütze, der Schal, der sich fast zwischen seinen Fußgelenken verwickelte, die Fausthandschuhe – alles strahlte in den kräftigsten Farben, die jemals ein Wollknäuel gesehen hatte. Nur wollte keine Farbe zur anderen passen, sie bissen sich wie Hennen, die um dasselbe Korn kämpften.

»Ich brauche den Jungen, Homer«, schärfte Mister Lugosi seinem Hund ein. »Komm mir nicht ohne ihn zurück, lauf schon, raus mit dir!«

Homer hasste Schnee und Kälte. Außerdem hasste er Dosenfutter. Die englische Bulldogge wirkte auf den ersten Blick mürrisch, faul, dumm und ein wenig abstoßend, da seine Nase eingedrückt wie ein zerknautschtes Kissen war und seine Lefzen weit hinunterhingen. Sein weiß und braun geflecktes Fell warf so viele Falten, als sei es mindestens für einen Hund von der Größe eines Bernhardiners gedacht.

Gewöhnliche Hundetricks wie Stöckchen holen, die Pantoffeln bringen oder Pfötchen geben, betrachtete Homer als Beleidigung. Wurden sie doch von ihm verlangt, stellte er sich taub. Wenn sein Herrchen ihm aber einen wichtigen Auftrag erteilte, war absoluter Verlass auf ihn.

Homer wusste, dass dieser Auftrag seines Herrn wirklich wichtig war. Er musste ihn nicht dreimal wiederholen, wie sonst, wenn Homer sich taub stellte. Er hatte es schon beim ersten Mal gehört und verstanden.

»Du weißt, dass es unsere letzte Chance sein könnte!«

Ja, Homer wusste es. Er wusste zwar nicht ganz genau warum und für was es die letzte Chance war, denn der Mister, wie Homer ihn für sich nannte, erzählte ihm nicht alles. Der Mister hatte den Jungen seit einigen Monaten beobachtet. Wenn Homer es richtig verstanden hatte, waren sie nur seinetwegen in diese Stadt gezogen.

Der Junge kam zweimal am Tag am Laden vorbei. Er wechselte meistens die Straßenseite, blieb an der nächsten Ecke kurz stehen, schaute einmal herüber und lief weiter. Das machte er auch an diesem Tag, nur dass an diesem Tag der Mister nicht bloß hinter dem Jungen herschaute, sondern den wirklich wichtigen Auftrag erteilte.

Und Homer lief los, trotz Schnee und Kälte. Er wackelte auf krummen Beinen hinter Pepper her, wobei er mit seinem Bauch eine Spur durch den Schnee zog. Ungefähr auf der Höhe des Postamts holte er den Jungen ein. Er wich nicht mehr von Peppers Seite, auch als dieser schnell und schneller ging und der Vierbeiner durch seine zerknautschte Schnauze kaum noch Luft bekam.

Sie hatten schon die nächste Kreuzung überquert, waren in die Gasse hinter der Bäckerei gebogen und hatten den Marktplatz mit dem festlich geschmückten Weihnachtsbaum in der Mitte umrundet, aber die Bulldogge blieb dem Jungen weiterhin dicht auf den Fersen. Pepper blieb dreimal stehen und befahl dem Hund, er solle nach Hause gehen. Homer schaute ihn beim ersten Mal von unten herauf an, beim zweiten Mal machte er es sich auf seinem Stummelschwanz bequem, beim dritten Mal begann er zu fiepen.

Pepper ahnte schon, dass der ziemlich hässliche Hund, der sich einfach nicht abschütteln ließ, nicht genau wusste, wo er zu Hause war. Das Tier war nicht nur hässlich, es sah auch noch ein bisschen dumm aus.

»Hast du dich verlaufen?«, fragte Pepper.

Der Hund fiepte. Es klang wie ein zustimmendes Fiepen.

Pepper schaute auf die Kirchturmuhr. Es war schon weit nach drei. Bei dem Wetter würde er es gerade noch im Hellen bis zum See schaffen, zurück müsste er so oder so im Dunkeln. Er wickelte sich seinen etwas zu langen Schal zweimal mehr um den Hals und das Kinn, sodass gerade noch seine Augen herausschauten.

Er würde die Bulldogge zu Mister Lugosi zurückbringen, entschloss Pepper sich, nicht nur aus Tierliebe, sondern weil es ihm vielleicht einen Blick auf den Inhalt der Kiste ermöglichte. Und auf diesen Lugosi. Wie so oft siegte Peppers Neugier über alles andere in ihm. Auch über das mulmige Gefühl, weil es aus dem Laden starrte.

Als Pepper wieder in die Straße einbog, war weit und breit kein Lieferwagen mehr zu sehen. Die Spuren der Reifen waren schon wieder von einer fingerdicken Schneedecke überzogen.

Am Haus von Moormans leuchtete bereits die Weihnachtsdekoration: Ein Weihnachtsmann, der an einer

Lichterkette die Hauswand hochkletterte, strahlte weithin. Halt dich bloß nicht am Fallrohr fest, dachte Pepper, aber wahrscheinlich fielen Weihnachtsmänner nicht von Dächern.

Er winkte Miranda zu, die am Fenster im Erdgeschoss saß und in einem dicken Schmöker las. Sie schaute nur kurz auf, winkte im Weiterlesen ebenso kurz und versank wieder in ihrer Geschichte, in der es wahrscheinlich gerade darum ging, wer wen küssen durfte und wer sich daraufhin in wen verliebte.

Pepper nahm den Hund am Halsband. Er schleppte ihn bis zur Ecke, an der Mister Lugosis Grundstück begann. Homer dachte nicht daran, auch nur einen Schritt ohne Pepper zu tun. Die drei Stufen zur Ladentür musste Pepper den Hund sogar tragen, weil sie für die Stummelbeine der Bulldogge zu hoch waren. In der linken Hand hielt Pepper das Geschenk für seine Mutter. Mit der anderen umklammerte er den Hund. Der Geruch des nassen Fells stieg Pepper in die Nase.

»Du stinkst«, murmelte er, was Homer mit einem leisen, aber umwerfenden Hundefurz beantwortete. Er schaute Pepper dabei ungerührt ins Gesicht, fast als wolle er sagen: »Ich kann noch besser.«

Pepper versuchte, einen Blick ins Innere des Geschäfts zu werfen, aber er konnte nichts erkennen. Es fiel bei dem Schneetreiben nur wenig Licht durch das Schaufenster. Zudem war es verstaubt und fast blind und zugestellt mit Möbeln, Kerzenleuchtern und anderem Kram.

»Hallo?«, rief Pepper, aber seine Stimme versank genauso im Schnee, wie die Landschaft um ihn herum. Als Pepper keine Antwort bekam, schob er leise die Ladentür auf und trat mit dem Hund hinein.

Nur der schwache Schein einer Stehlampe spendete gerade genug Licht, um sich in dem vollgestopften Laden von Mister Lugosi nicht das Knie oder den Kopf anzustoßen. Pepper zuckte zusammen, als die Tür hinter ihm ins Schloss fiel.

Er setzte den Hund ab. Homer schüttelte den Schnee aus dem Fell, bellte mehrmals laut und flitzte erstaunlich schnell die vielen Hindernisse umkurvend quer durch den Laden. Er verschwand irgendwo im Dämmerlicht.

Pepper hätte sich nun seinerseits aus dem Staub machen können, in entgegengesetzter Richtung, zur Tür hinaus, auf die Straße, aber die Neugier saß fest auf seiner Schulter und flüsterte ihm ins Ohr: »Wenn du schon mal hier bist, kannst du doch den ein oder anderen genaueren Blick werfen! Keiner aus deiner Klasse war bisher in diesem Laden, weil sie alle Schiss in der Hose haben.«

Er schaute sich um. Von Mister Lugosi fand sich keine Spur. Die Kiste stand mitten im Laden. Auf der einen Seite klebten unzählige Zettel, Frachtscheine und Zollquittungen aus aller Welt. Bei einigen konnte Pepper die fremdartigen Schriftzeichen nicht lesen.

Ansonsten gab es nur alten Plunder, allerdings ziemlich tollen alten Plunder, wie Pepper fand: Koffer, aus denen Kostüme und Klamotten quollen, Säbel, Dolche und

Pistolen, das Modell eines U-Boots, eine Sammlung von täuschend echt wirkenden Glasaugen, die in einer offenen Schatulle auf einer Unterlage aus rotem Samt lagen. In der Ecke stand ein Zerrspiegel, daneben ineinander gestapelte Messingspucknäpfe, ein Marterpfahl diente als Stütze für die Wendeltreppe in den ersten Stock.

In einer Ecke knisterte ein Feuer in einem schmiedeeisernen Ofen. Der Hund hatte sich auf ein verschlissenes Kissen direkt daneben geflüchtet. Mit schmatzenden Geräuschen leckte er seine Pfoten. Ein durchgesessener hoher Ohrensessel, ein Fußbänkchen mit einer Felldecke und ein blubbernder Samowar auf der heißen Ofenplatte schufen eine gemütliche Ecke in all dem Durcheinander.

»Herzlich willkommen!«, hörte er in diesem Augenblick eine Stimme, die tief und voll den ganzen Raum erfüllte.

Pepper zuckte zusammen.

Mister Lugosi trat durch einen Vorhang aus bunten Glasperlenschnüren, die leise klimperten. Mit der einen Hand stützte er sich auf seinen Gehstock, in der anderen hielt er ein Stemmeisen. Er schwankte ein wenig zur Seite. Das Werkzeug war viel zu schwer. Mit einem rasselnden Geräusch sog er Luft in die Lungen.

»Was führt dich zu mir, mein Junge?«, fragte Mister Lugosi.

Er hatte die Jacke seines schwarzen Anzugs abgelegt und trug ein gestärktes weißes Hemd. Der Kragen stand hoch bis zum Kinn, man konnte meinen, er halte den

Kopf obenauf. Die Ärmel waren mit schwarz schimmernden Manschettenknöpfen verschlossen. Die Weste, an der eine Uhrkette baumelte, war grün und mit blutroten Rosen bestickt.

»Der Hund, er ist mir nachgelaufen, ich hab ihn zurückgebracht«, sagte Pepper.

»Homer, du alter Räuber, hast du dich wieder aus dem Staub gemacht?«, fragte Mister Lugosi. Er zwinkerte der hechelnden Bulldogge zu. »Ach, wie unhöflich von mir«, wandte er sich wieder an Pepper. »Ich habe mich noch gar nicht vorgestellt. Gestatten: Béla, mein Name. Und mit wem habe ich es zu tun?«

»Guten Tag, Herr Béla, meine Name ist …«, wollte Pepper sich vorstellen.

»Ohne Herr, nur Béla!«, unterbrach der Mann ihn.

»Jeremias W. Pepperfield, genannt Pepper, auch ohne Herr.«

»Pepperfield heißt du also!«, grübelte Mister Lugosi und legte zwei Finger an die Schläfen. »Ich traf einen Pepperfield in … in … in … Ich bin mir fast sicher, warte, mein Gedächtnis lässt mich nie im Stich!«, beteuerte er.

Er kramte eilig in einem Stapel alter Kladden herum, zog eine hervor, blätterte darin, legte sie beiseite, nahm eine andere. Er hielt Pepper ein Verzeichnis vor die Nase, in dem Kolonnen von Namen und Zahlen untereinandergereiht waren. Es schien ein Kassenbuch zu sein, aber bevor Pepper wirklich etwas lesen konnte, klappte Lugosi es mit Schwung zu.

»Nein«, sagte er dann, »ich muss mich getäuscht haben. Ach, was schwatze ich auch, ich vergeude ja nur deine Zeit! Eine Bitte hätte ich noch. Vielleicht kannst du dieses Monstrum für mich öffnen, aber sei vorsichtig, sehr vorsichtig! Du scheinst ein starker Junge zu sein!« Er hielt Pepper das Stemmeisen hin.

Pepper nickte. Natürlich war er das, relativ stark jedenfalls. Allerdings schwitzte er in seiner dicken Jacke, der Pudelmütze aus grasgrüner Wolle und dem Schal, der rot und blau und sehr lang war und in schon etwas verfilzten Fransen endete.

»Ein schöner Schal«, sagte Mister Lugosi.

Niemand fand den Schal, die Mütze und die ebenso bunten Handschuhe schön. Nicht einmal Pepper. Jedoch hatte seine Mutter sie selbst gestrickt und so trug Pepper die Sachen im Winter. Hänseleien überhörte er möglichst, was ihm nicht immer leichtfiel.

»Hat deine Mutter den gestrickt? Wie geht es ihr?«

Pepper beschlich ein sonderbares Gefühl. Woher wusste der Mann, dass seine Mutter nicht gesund war? Andererseits war es eine ganz normale Frage, wenn man sich irgendwie unterhalten wollte, ohne echtes Interesse. Peppers Vater nannte so etwas Partygeschwätz.

Mister Lugosi hielt ihm immer noch das Werkzeug hin.

Pepper legte sein Päckchen auf ein Tischchen gleich neben der Tür. Irgendwie wäre er nun doch lieber gegangen. Seine Mutter wartete bestimmt schon auf ihn. Sie sorgte sich so leicht.

Er lockerte jedoch seinen Schal und nahm das Stemmeisen, dann setzte er es an einer Seite der Holzkiste an. Die Spitze fand zuerst keinen Halt, so fest waren der Deckel und der Behälter miteinander vernagelt. Millimeter für Millimeter arbeitete Pepper sich vor. Endlich öffnete sich ein Spalt. Er musste sich nur noch einmal kräftig gegen das Werkzeug lehnen. Die Nägel lösten sich aus dem rauen Fichtenholz. Dort wo Pepper das Eisen angesetzt hatte, splitterte es ein wenig, aber schon nach dem ersten Stoß klaffte ein fast handbreiter Spalt.

In diesem Augenblick roch Pepper es zum ersten Mal. Er dachte sofort an faulige Kartoffeln. Genau so hatte es einmal im Vorratskeller gerochen, als eine Kartoffel hinter die Regale gekullert und dort verfault war. Hatte Mister Lugosi sich eine so große Kiste voller Kartoffeln liefern lassen?, fragte Pepper sich.

»Bah, ich hasse Kartoffeln, grässlich, ich mochte sie noch nie!«, hörte er die Stimme von Mister Lugosi hinter sich. »Gib mir die Brechstange, den Rest schaffe ich alleine, junger Mann.«

Etwas sagte Pepper, dass es höchste Zeit war, diesen Ort zu verlassen, auch wenn er gerne gewusst hätte, was in der Kiste war. Es war dasselbe Gefühl, das er gehabt hatte, kurz bevor das Fallrohr an Moormans Haus knackte.

»Meine Mutter wartet auf mich«, sagte er und ging zur Tür. Fast hätte er sein Päckchen mit dem Adventskalender darin vergessen, so sehr drängte es ihn aus dem Laden hinaus.

»Ha!«, rief Mister Lugosi, gerade als Pepper nach draußen auf die kleine Vortreppe treten wollte. »Jetzt weiß ich es wieder.«

Der alte Mann zog einen schwarzen länglichen Kasten aus einem Regal, in dem einige Musikinstrumente verstaubten. Pepper erkannte sofort, um was es sich handelte. Zu Hause gab es gleich mehrere davon, allerdings rührte sie niemand mehr an, seitdem seine Mum in das Sanatorium gezogen war. Lugosi öffnete den Kasten, aber außer dem dunkelgrünen Samt, mit dem er ausgeschlagen war, kam nichts zum Vorschein.

»Mir ist es doch noch eingefallen, der Name – Pepperfield, daher kam er mir bekannt vor! Der Geigenkasten war es, hier steht der Name drauf: Angelina Pepperfield.«

Seine Finger streiften über ein kleines Messingschildchen auf der Unterseite des Behälters. Er schaute Pepper tief in die Augen.

»Aber wahrscheinlich ist es nur ein Zufall. Oder kennst du ein Mädchen mit diesem Namen?«

Pepper starrte zuerst Lugosi an, dann den Schriftzug.

»Angelina Pepperfield«, formten seine Lippen fast lautlos.

Bisher hatte er im Laden lediglich ein unbestimmtes, mulmiges Gefühl gehabt. Jetzt beschlich ihn plötzlich der Verdacht, dass Béla Lugosi etwas im Schilde führte.

»Nein«, schüttelte Pepper den Kopf, »nein, das Mädchen kenne ich nicht.« Er drehte sich herum, schlug die Ladentür hinter sich zu und rannte los.

Eine Gestalt im Schatten

Pepper entfernte sich, so schnell er konnte, von dem Laden des alten Mannes. Er hatte sich nicht getäuscht, etwas hatte nicht gestimmt dort, etwas war unheimlich. Es konnte kein Zufall gewesen sein, dass ausgerechnet dieser eigenartige Mensch plötzlich einen Geigenkasten mit dem Namen der Pepperfields hervorzauberte. Nicht mit dem Namen irgendeines Pepperfields.

Und Angelina war nicht irgendeine Pepperfield.

Nach ein paar Minuten merkte Pepper, dass er völlig außer Atem war. Er war den ganzen Weg gerannt und stand nun vor der Villa, in der seine Mutter lebte. Es war ein weitläufiges Anwesen, in dem Menschen Hilfe fanden, deren Seele und Gemüt durch schreckliche Ereignisse in ihrem Leben Schaden genommen hatten.

Peppers Herz pochte. Etwas hielt ihn davon ab, weiterzugehen. Hinter ihm im Wald knackte es. Er fuhr herum, aber es war nur ein Ast gewesen, der unter der Last des Schnees vom Stamm einer Fichte abgerissen war.

Eigentlich war Pepper kein Angsthase. Zum Beispiel hatte sich keiner außer ihm getraut, in das Kanalrohr unterhalb der alten Mühle zu kriechen, um Mopsi zu retten. Die junge Katze war auf der Jagd nach einer Maus hineingehuscht und tief drinnen mit dem Kopf in einem Gitterrost hängen geblieben. Das Rohr hatte den Durchmesser eines Autoreifens und es hieß, dass schon mal jemand darin stecken geblieben und drei Tage und Nächte vermisst worden war. Pepper hatte Mopsi heil zu ihrem Besitzer, Anatol Lemur, dem Eigentümer des Stadtanzeigers, zurückgebracht. Mitsamt dem Gitter, das noch um den Hals des Tieres hing. Pepper hatte es mit seinem Allzwecktaschenmesser, ohne das er nie aus dem Haus ging, abgeschraubt. Immerhin hatte Lemur eine Runde Lakritzschnecken springen lassen und Pepper namentlich in seiner Zeitung erwähnt.

Pepper versuchte es meistens zuerst mit Mutigsein oder mit Dickköpfigsein oder mit Schlausein. Damit gelang ihm allerdings nicht alles, weshalb er schon genau elf Narben hatte, davon zwei sehr große, eine, die zu bestimmten Gelegenheiten juckte, und eine, die sich quer durch seine rechte Augenbraue zog.

Er hatte einigen Leuten beibringen müssen, dass man sich besser nicht mit einem Pepperfield anlegte. Mit »einige Leute« waren fast alle Jungen der sechsten Klasse gemeint, weil sie es sehr komisch fanden, an Peppers Stuhllehne einen Zettel mit »Hirni« oder ähnlichen Titeln zu kleben oder ihn alle paar Minuten zu fragen, ob er denn heute schon im Irrenhaus gewesen sei. Am Anfang hatte Pepper ihnen noch erklärt, es sei ein Erholungsheim, in dem seine Mutter wieder gesund werden würde.

»Da glaubst du doch selbst nicht dran! Oder bist du genauso plemplem wie deine Mum?«, hatte Roy Sattler ihn in einer großen Pause mitten auf dem Schulhof verhöhnt.

»Sag das noch mal«, hatte Pepper geantwortet.

Roy war bei der Wiederholung des Satzes nur bis zum ersten »plem« gekommen, dann strömte schon das Blut aus seiner Nase. Pepper rieb sich die Faust, die von dem Hieb fast genauso wehtat wie Roys Nase. Er hatte Roy und den anderen ein für alle Mal klargemacht, dass man sich über die Krankheit seiner Mutter nicht lustig machte.

Roys Nase erwies sich als gebrochen. Sie ließ sich jedoch wieder gerade biegen.

Mit Peppers Verweis von der Schule war das schon eine andere Sache. Die hatte sich nicht so leicht zurechtbiegen lassen. Sein Vater musste einiges aufbringen, um den Direktor dazu zu bewegen, die Entscheidung wieder rückgängig zu machen. «Einiges« waren all seine Überredungskünste und eine großzügige Spende zur Anschaffung neuer Mikroskope für den Biologieunterricht gewesen.

Ob seine Mutter sich in dem Erholungsheim jemals erholen würde, wusste niemand. Alle anderen im Ort nannten das Gebäude am kleinen See »die Anstalt«, gemeine Menschen wie Roy Sattler sagten »Klapsmühle« dazu.

Manchmal glaubte selbst Pepper nicht mehr daran. Als sie vor sechs Jahren hergezogen waren, sprachen alle noch von ein paar Monaten, aber bald hatte Dad Mrs Cloud engagiert, weil er weiter Windräder bauen musste. Das konnte wohl keiner so gut wie er.

Kurz darauf war die Frau mitsamt den Filzhüten ins Gartenhäuschen gezogen und seitdem wusste Pepper, was Sache war. Er stellte sich darauf ein, dass er mit Roy Sattler noch ein paar Jahre klarkommen musste.

Mum saß fast den ganzen Tag in ihrem Zimmer am Fenster und wartete. Pepper hatte sich damit abgefunden. Sie wartete auf Angelina. Auch an diesem Tag sah er die Umrisse einer Person hinter den Gardinen.

Pepper lief die letzten Schritte zum Haupteingang des Sanatoriums. Der Pförtner schnarchte in einem gläsernen Kasten in der Eingangshalle des Gebäudes leise vor sich hin. Er schreckte auf, als die Tür des Windfangs hinter Pepper ins Schloss fiel.

»Der kleine Pepperfield! Bist aber spät dran heute«, begrüßte er den Jungen.

Pepper winkte ihm nur kurz zu.

Vor der Tür zum Zimmer seiner Mutter verharrte Pepper. Er atmete tief durch. Einmal, zweimal und ein drittes Mal, erst dann trat er ein.

»Hey, Mum«, machte er die Frau am Fenster auf sich aufmerksam.

Sie drehte sich um. Ein grün schimmerndes Tuch, das sie sich um die Schultern gelegt hatte, rutschte zu Boden. Pepper flitzte durch den Raum und erwischte es, bevor der Umhang auf die Holzdielen fallen konnte.

»Junge, da bist du ja!«, begrüßte ihn seine Mutter. Sie drückte Pepper fest an sich.

Im Zimmer hatte sich seit dem Besuch am Vortag fast

nichts verändert. Die Socken, an denen Gwendoline Pepperfield gestrickt hatte, lagen fertig auf einer schmalen Kommode. Jemand hatte die verblühten Blumen, die auf dem Nachttisch gestanden hatten, durch ein vorweihnachtliches Gesteck aus Zweigen mit stacheligen Blättern und roten Beeren ersetzt.

»Setz dich zu mir und erzähle«, forderte sie Pepper auf. Ihre blassgrünen Augen ruhten auf ihrem Sohn, als er vom Wochenende mit Mrs Cloud, vom Plätzchenbacken, vom Schnee und vom neuesten Klatsch erzählte.

Als Pepper ihr den Adventskalender schenkte, quollen Tränen über ihre Wangen. Sie öffnete sogleich das erste Beutelchen, in das Pepper ein kleines Marzipanschweinchen mit einem Kleeblatt im Maul gesteckt hatte.

Pepper hatte sich so auf diesen Augenblick gefreut. Jetzt aber konnte er ihn nicht genießen. Seine Gedanken klebten fest an Mister Lugosis Frage nach Angelina. Wie konnte dieser alte Mann an den Geigenkoffer seiner Schwester gelangt sein?

»Hast du gehört, Pepper?«, riss Gwendoline Pepperfield ihren Sohn aus seinen Gedanken. »Ich habe auch eine Neuigkeit für dich.«

»Ja, nein … Was denn, Mum?«

»Ich komme zum Heiligen Abend nach Hause.«

Pepper starrte seine Mutter an.

»Da schaust du, was?!« Sie lächelte. Er hatte sie schon lange nicht mehr so gesehen. »Nur zur Probe, hat der Doktor gesagt, nur zur Probe. Aber, wer weiß?«

Einen Moment vorher hatte er noch darüber nachgedacht, sie zu fragen, wie die Geschichte mit Angelina gewesen war, denn er hatte noch nie mit ihr selbst darüber zu sprechen gewagt. Die kleinste Erinnerung an seine Schwester konnte einen schrecklichen Rückfall hervorrufen. Pepper hatte es bereits erlebt. Nicht einmal auf der Geige spielte seine Mutter noch. Geigenmusik, so verwunschen und schön, war ihr Ein und Alles gewesen, früher, vor dem Unglück. Immer waren ihre und Angelinas Melodien durchs Haus geschwebt.

»Freust du dich denn gar nicht?«, fragte Peppers Mutter nun.

»Doch, oh Mum, klar, das ist … wunderbar.«

Pepper brachte das Wort gar nicht richtig über die Lippen. »Wunderbar« war auch eigentlich kein Wort, das er benutzte. Sachen waren cool oder krass, aber nicht wunderbar. Diese Neuigkeit allerdings war wunderbar.

Er musste an den Zettel auf dem blauen Papier mit Lavendelduft denken. Vielleicht hatte er gewirkt. Mrs Cloud hatte ihn jedes Jahr darin bestärkt: »Man muss sich etwas nur ganz fest wünschen, dann wird es irgendwann wahr«, hatte sie gesagt, um dann jedoch gleich einzuschränken: »Natürlich musst du dir das Richtige wünschen und daran glauben! Das ist das Wichtigste«, hatte sie gesagt und danach darauf bestanden, dass er ihr Lieblingsweihnachtsgedicht noch einmal aufsagte: *Denkt euch, ich habe das Christkind gesehen,* gab sie die erste Zeile vor und Pepper schnurrte das ganze Gedicht herunter.

»… es kam aus dem Walde, das Mützchen voll Schnee …«

Einige Male hatte Pepper sich als kleiner Junge schon gefragt, wer das Christkind gesehen hatte. Angeblich hatte es noch nie jemand gesehen, wenn überhaupt, nur einen Schatten, der vor dem Fenster vorbeigehuscht war. Er selbst hielt jedes Jahr die Augen offen und gab sich größte Mühe, aber diese geheimnisvolle Gestalt war ihm immer verborgen geblieben.

»Daran zu glauben, ohne einen Beweis dafür zu haben, Pepper, das ist das Geheimnis an Weihnachten«, hatte Mrs Cloud betont und dann gelacht. »Wenn ich es aber jemals sehen sollte, halte ich es fest und du bekommst als Erster eine Nachricht von mir!«

Auf dem Rückweg tobten die Gedanken durch Peppers Kopf. Sie wirbelten schlimmer herum als die Schneeflocken in der kalten Luft. All die Jahre waren sie zur Weihnachtsfeier in das Sanatorium gegangen. Es war schön gewesen, aber auch gruselig. Ein paar der Menschen dort konnten einem schon Angst machen, weil sie ganz plötzlich sonderbare Dinge sagten und taten, bei denen sie jedoch meistens nicht wirklich wussten, was sie gerade anstellten. Pepper war es egal gewesen, Hauptsache, sie waren zusammen mit Mum. Aber Weihnachten zu Hause, nur mit Mum und Dad und auch mit Mrs Cloud – das war etwas anderes.

Und mit Angelina!, dachte Pepper, als er fast den Marktplatz erreicht hatte. Er zögerte einen Moment, ihn zu überqueren. Erinnerungen an seine Schwester stiegen in ihm auf.

Gerade in den letzten Monaten hatte er begonnen, sich an den Gedanken zu gewöhnen: Angelina würde nicht zurückkommen, nicht nach einer solch langen Zeit. Irgendwie war es nicht zu begreifen. Plötzlich tauchte ein alter Mann mit dem Geigenkoffer auf und am gleichen Tag verkündete seine Mutter, dass sie nach Hause kommen würde.

Pepper setzte seinen Weg über den Marktplatz fort. Fast alle Häuser hier schmückten bunte Lichterketten. Kaum eine Menschenseele war bei dem Schneetreiben, das wieder eingesetzt hatte, unterwegs.

Zur Weihnachtszeit brach ein wahrer Wettkampf aus, wer den schönsten und hellsten und vor allem größten Leuchtschmuck am Haus, auf dem Dach oder im Garten hatte. Von Lauflichtern umrahmte Fenster waren das wenigste, was man aufbringen musste, besser jedoch waren überladene Weihnachtsbäume, Rentiergespanne mit Schlitten, überlebensgroße Weihnachtsmänner, Sterne oder – wie an der Fassade der Bäckerei – eine gigantische Brezel aus blinkenden Lämpchen.

Als Pepper am anderen Ende des Platzes angekommen war, gingen mit einem Schlag alle Lichter aus. Kein einziger Leuchtstern in den Fenstern schien noch, die einzige Ampel des Ortes war ebenfalls erloschen. Eine vom

Schnee erdrückte Fichte war wohl umgekippt und hatte die alten Überlandstromleitungen gekappt.

Als Pepper wieder vor Mister Lugosis Laden stand, flackerte darin ein schwaches Licht. Der gelblich tanzende Schein hatte etwas Beruhigendes, etwas Heimeliges, wie in den Geschichten, die sein Vater ihm oft vorlas. In ihnen wies eine brennende Kerze oder ein Windlicht am Fenster den Söhnen und Töchtern, die in die Welt hinausgegangen waren, den Weg zurück in ihr Zuhause.

Pepper stieg die Stufen zum Ladenlokal hinauf. Drinnen fluchte jemand leise, etwas schepperte, der Hund bellte zweimal, winselte, es rumpelte wieder etwas. Plötzlich drückte jemand seine Nase an das beschlagene Glas der Eingangstür. Eine matschige Fratze, fast genau auf Augenhöhe von Pepper, starrte nach draußen. Fast wäre Pepper die Stufen wieder rückwärts hinuntergefallen, so sehr erschreckte er sich. Dann erkannte er Homer.

Pepper betrat den Laden.

»Ich wusste, dass wir uns bald wiedersehen«, begrüßte Mister Lugosi ihn.

»Woher haben Sie Angelinas Geigenkasten?«, platzte Pepper gleich heraus.

»Ich denke, du kennst dieses Mädchen nicht?«

»Sie ist meine Schwester!«

»Das weiß ich«, sagte Mister Lugosi.

Pepper stutzte. In seinem Kopf flogen die Erinnerungen hin und her. Sein Vater hatte über Angelinas Verschwinden einiges erzählt. Ein Laden, ein alter schauriger Herr –

davon hatte er gesprochen, glaubte Pepper sich zu entsinnen.

»Haben Sie Angelina jemals gesehen?«, fragte er leise.

Mister Lugosi nickte.

Am liebsten hätte Pepper sich sofort auf den Mann gestürzt, um ihn zu schütteln, bis er damit rausrückte, was mit Angelina passiert war.

»Sie ist ein begnadetes Mädchen, ihr Geigenspiel soll die Menschen zum Weinen gebracht haben.«

Die Menschen hatten sich gefreut, wenn Angelina spielte. Pepper hörte die Töne noch, obwohl es schon einige Jahre her und er ein kleiner Knirps gewesen war.

»Wer, zum Teufel …« Peppers Geduld hatte ein Ende.

»Den Teufel beschwöre lieber nicht.«

Lugosi klopfte mit der Hand auf den Schemel zu seinen Füßen.

»Setz dich, mein Junge!« Er zog seine Taschenuhr aus der Weste. Als er sie öffnete, um einen Blick auf das Zifferblatt zu werfen, spielte sie eine kleine traurige Melodie. »Wir haben nicht viel Zeit. Bis Mitternacht musst du dich entscheiden, ob du …«, er machte eine lange Pause, »ob du deine Schwester suchen willst oder nicht.«

Mister Lugosi lehnte sich im Sessel zurück. Pepper hielt die Luft an. Nur das Knistern des Ofenfeuers und Homers schwere Atemzüge waren zu hören.

»Woher haben Sie den Kasten, Mister Lu…«

»Béla, mein Junge, sag Béla!«

»Wenn Sie ihn jemand abgekauft haben, ist das eine Spur. Die kann die Polizei verfolgen!« Seine Stimme überschlug sich fast vor Aufregung.

»Ich habe ihn niemandem abgekauft. Angelina hat ihn in meinem Laden vergessen.«

Pepper erinnerte sich, dass ein Zeuge gesehen haben wollte, wie Angelina in einen Laden gegangen war, aber das hatte sich als eine der vielen Spuren entpuppt, die am Ende zu nichts führten.

»Es war Ihr Laden?«

»Ja.«

»Was haben Sie mit meiner Schwester gemacht?«, schrie Pepper.

Jetzt stürzte er sich doch auf Lugosi. Mit beiden Händen zerrte er ihn am Kragen seines Jacketts aus dem Sessel. Homer knurrte zunächst, dann schnappte er sich Peppers Hosenbein und riss ein Stück davon ab. Bevor der Hund einen zweiten Angriff starten konnte, um ein Stück von Peppers Wade zu erwischen, rief sein Herrchen ihn mit strenger Stimme zurück. Lugosi brachte im Würgegriff des Jungen zwar kaum ein Wort hervor, aber Homer trollte sich auf seinen Platz.

»Nichts!«, keuchte Lugosi. »Es war ein Unglück, die Tür stand offen, sie fühlte sich magisch davon angezogen, wie die anderen Kinder …«

Pepper lockerte seinen Griff. »Von was fühlte sie sich angezogen?«

Lugosi setzte sich in den Sessel neben dem Ofen.

»Es war der 1. Dezember, es ist immer der 1. Dezember«, sagte Mister Lugosi mit zittriger Stimme. Er nahm einen Schluck Tee, umklammerte die Tasse mit beiden Händen und beeilte sich fortzufahren: »Sie ist in diesem Adventskalender verschwunden.«

Er deutete auf den Kalender, der vor wenigen Stunden in der Kiste, deren Inhalt Mister Lugosi als unbezahlbar bezeichnet hatte, geliefert worden war. »Ich bin dem Ding schon lange auf der Spur.«

Pepper brauchte eine Weile, bis er verstanden hatte, was Mister Lugosi ihm weismachen wollte. Angelina sollte in einem Adventskalender verschwunden sein! In dem Adventskalender, der fast die Hälfte des Ladens einnahm, der direkt vor ihm stand.

In einem Adventskalender, der ein großes altes Haus darstellte, ein hochherrschaftliches Haus, fast schon ein Schlösschen. Ein geschwungener Giebel beherrschte den Mittelteil, zu dessen beiden Seiten sich in zweigeschossigen Flügeln ein Fenster an das andere reihte. In einem Erker lag der Eingang. Die Enden links und rechts bildete jeweils ein turmartiger Anbau. Alle Türen, Tore und Fenster schienen erleuchtet zu sein, über ihnen standen jeweils in geschwungenen Ziffern die Tage des Advents: 1 bis 24.

Mister Lugosi erhob sich schwerfällig aus dem Sessel. Er trat auf Pepper zu.

»Bleiben Sie, wo Sie sind!«, schrie Pepper.

Der Mann musste verrückt sein. Wer wusste schon, zu was ein solcher Kerl in der Lage war.

Pepper schaute sich um, ob irgendetwas greifbar war, mit dem er sich Lugosi vom Leib halten konnte. Im Regal hinter ihm stapelte sich jedoch nur altes Geschirr mit Goldrand. Zur Not konnte er ihn damit bombardieren!

»Ich habe es anfangs auch nicht geglaubt«, sprach Lugosi beruhigend auf den Jungen ein. »Gib mir eine Chance, es dir zu beweisen, bitte!«

Pepper griff hinter seinem Rücken nach einer Tasse aus dem Service.

»Die Mappe, reich sie mir!«, bat Lugosi und sank zurück auf seinen Platz am Ofen. Er deutete auf eine lederne Mappe, aus der Papiere hervorstanden. Sie lag auf einem Schreibtisch im hinteren Teil des Ladens.

Pepper konnte ein paar Zeitungsausschnitte erkennen, die herauslugten. Er nahm die Mappe und hielt sie in den Schein der Kerzen. Sie war groß, hatte fast die Länge des Unterarms eines erwachsenen Mannes. Der rissige Lederumschlag wurde von einem breiten roten Gummiband zusammengehalten.

Als Pepper das Band abnahm, klaffte der überfüllte Heftordner sofort auseinander, da er die vielen Papiere längst nicht mehr halten konnte. Briefe, Formulare, Kopien von Polizeiakten und eine Landkarte aus brüchigem Papier quollen hinaus, verteilten sich auf dem Boden, dem Hocker, segelten hinab bis zu Homers Platz.

Viele der Dokumente konnte Pepper nicht entziffern, weil sie in fremden Sprachen, einige sogar mit fremden Buchstaben geschrieben waren. Die beiden obersten Zeitungsausschnitte erkannte Pepper allerdings sofort. *Berühmte Violinistin in Mondsee-Klinik eingeliefert* stand über dem einen und *Sohn von Gwendoline Pepperfield rettet seltene Katze* über dem anderen.

Mister Lugosi fischte ein Blatt aus dem Rest der Unterlagen. Es war ein Brief, der nur wenige Zeilen umfasste. Die Worte verblassten schon, die Flecke darauf verrieten, dass das Papier nass geworden sein musste.

»Die erste Spur fand ich nach dem Krieg, lange bevor deine Schwester oder du geboren wart. Ein Sammler von weihnachtlichen Spieldosen erzählte von einer unglücklichen Geschichte, die er auf einer Versteigerung gehört hatte. Ein Junge, nicht einmal sieben Jahre alt, war wie vom Erdboden verschluckt. Das Kindermädchen behauptete, er sei in einem Adventskalender verschwunden.

›Unglaublich, was?‹, sagte der alte Spieldosen-Händler, ›einfach unglaublich diese Sache, denn es gab keinen Adventskalender, als die Polizei danach suchte.‹

Sie sperrten das Kindermädchen in ein Hospital für verwirrte Menschen. Ich machte mich sofort auf den Weg. Als ich dorthin kam, hatte sie sich das Leben genommen. In ihrem Abschiedsbrief hatte sie noch einmal ihre Unschuld am Verschwinden des Jungen beteuert.«

Béla machte eine Pause. Er rang nach Atem. Die Geschichte zu erzählen, nahm ihn sehr mit.

»Sie muss geweint haben«, sagte Lugosi. »Bittere Tränen hat sie auf dieses Blatt vergossen.«

Er tippte mit dem Zeigefinger auf die Unterschrift des Kindermädchens. Die Tinte war verlaufen. Blassblaue Schlieren hatten einzelne Buchstaben weggewischt, in einigen Wörtern hatten sie bizarre Muster hinterlassen. Fast schien es, dass die salzigen Tropfen nicht zulassen wollten, was das verzweifelte Kindermädchen zu Papier gebracht hatte.

Dann zeigte Lugosi Pepper anhand einer Landkarte, wie er den Adventskalender durch die halbe Welt verfolgt hatte. Mit einem Buntstift hatte er grüne Kringel um die Namen der Städte gezogen, in denen Kinder verschwunden waren. Hinter jedem Kreis stand eine Jahreszahl.

»In jedem Jahr ein Kind«, erklärte Lugosi. »Hier ist die Liste.«

Er zog ein weiteres Stück Papier hervor. Auf diesem hatte er die Jahreszahlen seit 1921 untereinandergeschrieben. Hinter fast jeder standen ein Name und eine Ortschaft. Nur wenige Jahre fehlten, besonders in der Zeit des Weltkrieges klafften einige Lücken. Der Eintrag hinter dem Jahr, in dem seine Schwester verschwunden war, stach Pepper sofort ins Auge. »Angelina Pepperfield« stand dort.

»Als deine Schwester in meinen Laden kam, hatte ich schon jahrelang die Spur des Kalenders verfolgt. Das war nicht leicht, denn nach jedem 1. Dezember verschwand er ganz plötzlich. Ein paar Wochen oder Tage vor dem

Beginn der Adventszeit tauchte er immer wieder an anderen Orten auf. Dann endlich bot ihn mir ein Antiquitätenhändler aus dem Ausland an, es war der pure Zufall, aber ich griff sofort zu und schickte einen Eilboten mit dem Geld los. Der Kalender wurde in der Nacht des 30. November geliefert. Am nächsten Morgen hatte ich ihn gerade ausgepackt, er roch nach fauligen Kartoffeln und feuchter Erde, genau wie es in einigen Berichten darüber geschrieben stand. Deine Schwester muss wohl im Schaufenster meines Ladens ein paar alte Notenblätter entdeckt haben. Ich selbst war im Hinterzimmer, als ich die Klänge einer Geige hörte, ein himmlisches Stück, ich erinnere mich noch ganz genau. Angelina hatte ihr Instrument ausgepackt, der Geigenkoffer lag auf dem Boden, sie spielte nach den Noten aus dem Schaufenster. Sie sollte so schnell wie möglich den Laden verlassen, also holte ich hinten einen Umschlag, mit dem sie die Noten vor dem einsetzenden Schneegestöber schützen konnte. Bei meiner Rückkehr lagen die Notenblätter noch auf dem Tisch, der Koffer auf dem Boden. Die erste Tür des Kalenders stand offen. Deine Schwester war verschwunden.«

Noch in der Nacht war Mister Lugosi von der Polizei befragt worden, aber man hatte ihm nichts nachweisen können. Außerdem war er ein alteingesessener Bürger der Stadt. Er hatte sich noch nie etwas zuschulden kommen lassen.

»Als sie mich am Mittag des 2. Dezembers gehen ließen, ahnte ich schon, was passiert sein musste.«

»Der Kalender war verschwunden?«, fragte Pepper.

Mister Lugosi nickte. »Mitsamt deiner Schwester.«

Eine Weile saßen Pepper und der alte Mann schweigend da. Eine Frage brannte Pepper auf der Zunge.

»Ist Angelina …«, er verbesserte sich, » … sind alle Kinder – tot?«

»Nein!«, rief Béla, nahm dann aber seine entschiedene Antwort zurück. Zweifel klang in seiner Stimme mit, als er sagte: »Ich glaube nicht, nicht alle, es kommt darauf an …«

Pepper war nicht mehr zu halten. »Worauf?«

»Das kannst nur du herausfinden. Aber dazu braucht es schon ein bisschen Mut.«

Er machte eine extralange Pause nach dem letzten Satz. Er zog die Augenbrauen hoch. Den Mut hast du wohl nicht!, stand in seinem Gesicht geschrieben.

Mister Lugosis Vorschlag war ungeheuerlich. Das war etwas anderes als die Herausforderungen, die Pepper bisher zu bestehen hatte. In ein Abflussrohr steigen oder an Efeu hinaufklettern oder immer wieder über die Wiesen von Bauer Bofinger gehen, obwohl er wusste, dass die Kühe ihn jagen würden: Kinderkram war das alles gewesen, ein paar Narben und vielleicht einen schulfreien Tag hatte es ihm eingebracht!

Lugosi sah den Zweifel in Peppers Augen.

»Ich möchte meine Schuld wiedergutmachen, mein

Junge, aber ich kann es nicht selbst. Ich bin zu alt. Jeder Tag, nein, jede Stunde, die wir verstreichen lassen, ist kostbar und unwiederbringlich.«

»Und was, wenn ich auch nicht zurückfinde?«

Pepper schluckte, obwohl sein Mund ganz trocken war. Der Gedanke daran, was mit seiner Mutter geschehen würde, wenn sie nun ein zweites Kind verlöre, schnürte ihm die Kehle zu. Unmöglich konnte er darauf eingehen, wo sie doch in diesem Jahr endlich wieder zu Weihnachten da wäre, sein Wunsch in Erfüllung gehen würde. Zumindest ein Teil seiner Wünsche.

»Wenn ich auch nicht zurückkomme, was dann? Wenn es keinen Rückweg gibt?«

»Es gibt einen Rückweg.«

Lugosi zog ein schwarzes Heft aus der Mappe hervor.

Auf dem Deckel klebte ein vergilbtes Etikett, auf das eine ungeübte Hand mit einem Bleistift eine Warnung geschrieben hatte: *Dieses Heft gehört Benjamin Loane und jeder, der darin liest, kriegt Prügel!* Das letzte Wort hatte Benjamin doppelt unterstrichen.

»Benjamin Loane, verschwunden 1929«, sagte Lugosi. »Der Junge hat alles aufgeschrieben und dieses Heft rausgeschmuggelt. Ich habe ihn selbst nicht ausfindig machen können, aber das ist der Beweis. Es gibt einen Weg hinaus.«

Pepper nahm das Heft. Die Buchstaben auf den linierten Seiten waren klein, kantig, mit vielen spitzen Haken nach oben und unten.

»Keiner ist bisher freiwillig hineingegangen«, flehte Lugosi ihn an. »Keiner wusste so viel wie ich, wie du!« Er sprach immer schneller, die Worte polterten nur so zwischen seinen schmalen Lippen hervor: »Hinein kommt man nur am 1., am 24. musst du hinaus, das letzte Türchen eines Adventskalenders, verstehst du. Du hast maximal 24 Tage Zeit.«

»Warum gehen Sie nicht selbst?«, fragte Pepper.

»Ich hätte es längst versucht, aber es geht nicht. Sobald ein Kind dreizehn Jahre alt geworden ist, kann es nicht mehr die Schwelle übertreten.«

Er schaute Pepper eine Weile mit flehendem Blick an.

»Du bist ein Feigling«, donnerte Bélas Stimme plötzlich durch den Raum. Kein Krächzen, keine Erschöpfung dämpften den wütenden Ausruf des Ladenbesitzers.

»Ich bin kein Feigling«, schrie Pepper.

»Ein elender Feigling!«, beteuerte Béla jedoch.

Obwohl er gerade noch zusammengesunken in seinem Sessel gekauert hatte, stand er jetzt kerzengerade vor Pepper.

»Meinst du, jemand anderer könnte deiner Schwester helfen? Meinst du …«

Er schwieg. Das Ticken der alten Standuhr in einer dunklen Ecke des Ladens zählte unerbittlich die Sekunden.

»Pepper, ich beschwöre dich, bitte!«, bettelte der alte Herr.

Wie ein kleiner Junge klang er nun, der Angst hatte, alleine in einen dunklen Keller zu gehen. Er stapfte auf Pepper zu, der in der Mitte des Ladens stand. Lugosi holte mehrmals Luft, brachte aber zunächst keinen Ton hervor. Er ballte die Fäuste, kniff die Augen zu, seine buschigen Augenbrauen vibrierten vor Spannung. Endlich hatte er sich gefasst.

»Um Mitternacht ist es zu spät, eine Sekunde danach schreiben wir den 2. Dezember, das Tor ist dann für ein Jahr verschlossen und du hast deine Schwester allein gelassen, verraten! Entscheide dich!«

Während er diese Worte hervorstieß, nestelte Lugosi an seiner Weste. Die Turmuhr schlug zum achten, zum neunten Mal. Er riss die goldene Kette, mit der die ebenso goldene Uhr an der Weste befestigt war, mit einem Ruck ab. »Da, nimm die Uhr! Sie zählt auch die Tage und zeigt das Datum an. Am 24. musst du zurückkommen.«

Lugosi öffnete langsam die Tür des Kalenders mit der 1 darauf. Es war der Nebeneingang im linken Flügel des Gebäudes, das darauf abgebildet war.

Pepper hatte erwartet, dass ein Bild zu sehen sein würde wie in den billigen Adventskalendern, die nicht einmal Schokolade enthielten, die Abbildung eines Sterns, Schneemanns, Lebkuchenherzens oder von ein paar Kindern, die jauchzend einen Berg hinabrodelten. Bei einem Kalender dieser Größe mochten es sogar richtige kleine Szenerien sein, mit Püppchen dargestellte vorweihnachtliche Augenblicke: Kinder vor einem Weihnachtsbaum, dessen Lichter sogar leuchteten oder eine Schlittschuhbahn mit Läufern darauf, die ihre Kreise drehten, vielleicht sogar zum Klang einer kleinen Spieluhr. Pepper hatte von einem solchen Adventskalender einmal gehört und ein Bild in der Zeitung gesehen.

Seine Erwartungen wurden enttäuscht.

Nichts von alledem gab es dort.

Dunkelheit waberte ihm entgegen. Sie schien tatsächlich aus der Pforte zu fließen. Es war keine einfache schwarze Fläche, es war ein Nichts. Der faulige Kartoffelgeruch wurde ekelerregend stark, als wolle er jeden davon abhalten, einzutreten. Pepper konnte sich nicht vorstellen, dass ein Mädchen oder irgendwer freiwillig über diese Schwelle gegangen war.

Als hätte er Peppers Gedanken erraten, sagte Mister Lugosi: »Der Gestank soll Unbefugte abhalten. Sie locken nur bestimmte Kinder an, die diesen Mief nicht riechen, sie machen ihnen etwas von Lichterschein, Glockenklingen und all dem vor. Ich habe noch nicht herausgefunden, auf wen sie scharf sind.«

Auf mich wohl nicht, dachte Pepper und wieder bestätigte Lugosi: »Es ist ein gutes Zeichen, dass du nicht ausgewählt bist, glaube ich, vielleicht …« Pepper spürte, dass der Mann unsicher war. Er wusste weniger genau Bescheid, als er Pepper weismachen wollte.

»Du wirst einen klaren Kopf bewahren. Halte dich nicht lange auf, suche deine Schwester und komm schnell zurück.«

Das ist alles Unsinn, dachte Pepper, dieser Lugosi treibt

ein gemeines Spiel. Vielleicht aber auch nicht, dachte er den Bruchteil einer Sekunde später. All diese Papiere und Zeitungsausschnitte und Briefe sahen ganz echt aus.

Die Standuhr machte sich mit einem Rasseln, das den Klängen des Leutwerks voranging, bemerkbar. Zuerst schlug sie mit einer zarten Glocke die volle Stunde an. Eins, zwei, drei, vier, zählte Pepper tonlos mit und wartete darauf, dass die zwölf Schläge zur Mitternacht erklangen.

Lugosi holte zu seinem letzten Schlag aus. »Wenn du Angelina findest, wird deine Mutter …«

Er brauchte den Satz nicht zu vollenden.

Genau das dachte Pepper auch, denn es war das, was ihm mehr und mehr aus dem Herzen ins Gehirn gekrochen war. Wenn Angelina wirklich zurückkehrte, würden sie Weihnachten alle zusammen verbringen: Mum, Dad, er selbst und das Mädchen, das seine Schwester war, an das er sich oft nur schwer erinnerte. Bei ihrem Verschwinden war Pepper erst vier gewesen. Ihr silbriges Lachen, der Klang ihrer Geige, ihr versunkener Blick, wenn sie spielte – das alles hatte er jedoch noch im Kopf, als sei es gestern gewesen.

Was hatte er zu verlieren? Wenn der alte Kerl ein Spinner war, würde Pepper in einem muffigen Kabuff landen. Er käme mit staubigen Klamotten wieder heraus, hätte vielleicht ein Donnerwetter von Mrs Cloud zu erwarten, mehr nicht.

Mit dem vorletzten Schlag aus dem Geläut der Standuhr trat er einen Schritt vor. Der Gestank war so übermächtig, dass er sich die Nase zuhalten musste. Punkt Mitternacht überquerte er die Schwelle des ersten Türchens des unheimlichen Adventskalenders.

Pepper war kaum in der Dunkelheit des Kalenders verschwunden, als das Türchen sich auch schon mit einem leisen Quietschen schloss. Lugosi stützte sich auf der Tischkante ab. Sein Atem ging schwer.

Die Glasperlenschnüre im Durchgang zum Hinterzimmer klimperten. Eine Gestalt trat hindurch, die im Schatten stehen blieb und Lugosi beruhigte: »Es ist alles richtig so. Dieser Pepper ist ein schlauer und zäher Bursche, aber vor allem wünscht er sich nur eines: seine Familie zu Weihnachten glücklich und vereint zu sehen.« Ihre sanfte Stimme schien gleichzeitig von allen Seiten in Lugosis Kopf zu dringen. Er hätte nicht sagen können, ob er sie wirklich hörte oder ob es nur die Gedanken der Gestalt waren, die er vernahm.

Schon als sie ihn ausfindig gemacht hatte, es war ein paar Monate zuvor gewesen, hatte er sie immer nur erahnen können. Sie hatte Dinge über ihn gewusst, die Jahrzehnte zurücklagen, die nur er selbst und noch genau ein weiterer Mensch wissen konnte.

Jetzt hielt sie Lugosi einen blauen Briefbogen vor die Nase. Obwohl noch die Reste des fauligen Gestanks in der Luft lagen, roch Lugosi den Hauch von Lavendel, den das Papier verströmte.

»Er schickt mir seit dem schrecklichen Ereignis vor sechs Jahren diesen Wunsch.«

Sie zückte weitere Zettel und Papiere.

»Jedes Jahr! Schauen Sie nur. Wenn jemand der Sache ein Ende setzen kann, dann dieser Jeremias W. Pepperfield.«

Mister Lugosi zweifelte noch. »Wenn er ihren Verlockungen nicht widersteht?«, fragte er.

»Ich bin mir sicher, dass wir den richtigen Jungen ausgewählt haben«, sagte sie mit plötzlich sehr irdischer Bestimmtheit und Härte. »Ich kann es nicht tun und Sie können es nicht, aber es muss ein Ende haben. Das wissen Sie am besten, Mister Lugosi.«

Lugosi seufzte.

»Wir müssen das Haus sichern«, sagte er schließlich. »Hoffentlich hat dieser Harry gute Arbeit geleistet.«

Er ging zum Eingang des Ladens und betätigte eine Winde. Knarrend glitt ein stählerner Rollladen hinab. Eines nach dem anderen verbarrikadierte er so alle Fenster und die Eingänge des Hauses, sogar auf den Kamin senkte sich ein fester Verschluss.

Ein Haus in der Dunkelheit

»Kerzen strahlen …«, wisperte Pepper fast tonlos.

Ein Schreck fuhr ihm in die Glieder, denn die Worte hallten in seinem Kopf nach, obwohl er nur ganz leise gesprochen hatte. Er konnte die Lippen kaum bewegen. Der Versuch, die Augen zu öffnen, misslang ebenfalls. Auch seine Arme und Beine konnte Pepper nicht rühren. Überhaupt fühlte er sich fast schwerelos, wie in einem tiefschwarzen Nebel, der ihn trug und gleichzeitig so umschloss, dass es unmöglich war, sich zu regen.

»Kuusen pienet kynttiläiset, valaisevat kauniisti, ympärillä lapsukaiset, laulelevat sulosti …«, sang ein Mädchen noch in weiter Ferne, wie es Pepper schien.

Die Stimme des Mädchens verlor sich immer wieder zwischen den klingenden Schellen, die ihren Gesang begleiteten. In hohen Tönen begann es wieder und wieder von vorne: »Kuusen pienet kynttiläiset …« Am Ende eines Wortes hauchte sie die Silben nur noch dahin. Es lag so viel Traurigkeit in diesem Lied, obwohl sie von Kerzen und feierlichem Glanz sang.

»Kerzen strahlen in den Zweigen …«, vollendete sich der Satz in Peppers Kopf, begleitet vom Klingen der Glöckchen, die auch die Stimme des Mädchens umtanzten. Erst jetzt bemerkte er, dass er die Sprache des Mädchens verstand. Pepper hatte solche Laute noch nie gehört, auch die Melodie nicht, aber er wusste ganz genau, was der Text des Liedes bedeutete. »Kerzen strahlen in den Zweigen, glänzen hell und feierlich, helle Stimmen froh erschallen, Kinderherzen freuen sich«, sang es still in seinem Kopf.

Der schwarze Nebel um Pepper herum lichtete sich mit jedem Schritt, den sich die singende Gestalt auf ihn zubewegte. Gleichzeitig lockerte sich die beklemmende Schwere, die Pepper daran gehindert hatte, sich zu rühren.

Zuerst zuckten seine Augenlider. Er musste sich an das schwache Licht gewöhnen, außerdem war es ihm, als hätte er Wochen oder gar Monate so unbewegt in der Dunkelheit gelegen. Was er sah, flimmerte in den ersten Momenten noch, dann erkannte er, dass es ein Mädchen war. Ein weißer Umhang, aus dem nur ihr Kopf und die ebenfalls weiß behandschuhten Hände hervorsahen, hüllte sie ein. Schwarze Haare strömten wie fließendes Pech über den hohen Kragen des Mantels bis fast zu ihrem Po hinab. Auf ihrem Kopf saß eine Krone, ein schlichter Metallreif, in dem sieben Kerzen steckten. Sie trug eine flache silberne Schale in der Hand.

Pepper stützte sich auf die Unterarme.

Ein Lächeln flog über das Gesicht des Mädchens. Sie verstummte. Nur die Glöckchen und Schellen klangen noch nach und wurden wieder lauter, als sie sprach.

»Willkommen.«

Mehr sagte sie nicht, sondern ging direkt neben ihm in die Knie. Der weiße Umhang ergoss sich um sie herum, schien in alle Himmelsrichtungen zu fließen. Der Boden um Pepper, die ganze Landschaft, die er nun erkennen konnte, war mit Schnee überzogen. Augenblicklich spürte Pepper die Kälte. Obwohl der Schnee so pulvrig und trocken war, wie er es sonst noch nie irgendwo erlebt hatte, drang unter ihm die Feuchtigkeit langsam durch seine Hose.

Das Mädchen reichte ihm die Schale. Zwei dampfende Maronen lagen darauf. Sie waren überzogen mit einem durchscheinenden Sirup.

»Eine Stärkung, du hast noch eine lange Strecke vor dir. Ich heiße Lucilla und werde dir den Weg weisen. Nun nimm sie, bevor sie kalt werden.«

Pepper zögerte.

»Kandierte Maronen, sie sind köstlich!«, forderte sie ihn nochmals auf.

»Keinen Hunger«, sagte er. Es waren die ersten Worte, die er herausbrachte, und es war eine Lüge. Er hatte Hunger.

Lucilla schaute ihm in die Augen. Pepper wich ihr aus, er konnte diesen Blick nicht ertragen.

»Oh, wie schade!«, sagte Lucilla, steckte eine Marone in den Mund und zermalmte sie genüsslich. »Wirklich schade, so köstlich«, nuschelte sie.

Sofort knurrte Peppers Bauch ungehalten. Er konnte nicht widerstehen. Die zweite Marone verschwand auf einen Happs in seinem Schlund. Er nahm sich kaum die Zeit, sie zu zerkauen und dem Geschmack die Chance zu geben, sich in jedem Winkel seines Mundes zu verteilen. Ihm war, als hätte er seit Tagen nichts gegessen.

Die Gestalt mit dem Lichterkranz auf dem Kopf entfernte sich schon von ihm. Schnell lief er hinterher, auf keinen Fall wollte er noch einmal in die bleierne Schwärze fallen.

»Wie heißt du?«, fragte das Mädchen, ohne seine Schritte zu verlangsamen.

Wieder befiel Pepper dieses Unbehagen. Er besann sich, dass er nicht freiwillig hier war, sondern nur deshalb, weil seine Schwester hier irgendwo sein sollte. Sosehr diese Lucilla fast einem Engel glich, etwas beunruhigte Pepper.

Sie ist zu kitschig, um echt zu sein, ging es ihm durch den Kopf. Wie war er hierhergekommen und wo genau war er überhaupt? Hatte er den Adventskalender betreten? Es konnte nicht sein, wie sollte diese unendliche Weite aus Schnee in einen Kalender passen, egal wie groß dieser war!

Nein, es ist alles eine alberne Geschichte von diesem Lugosi, dachte Pepper, vielleicht hat er doch etwas mit Angelinas Verschwinden zu tun. Hatte Lugosi ihn hypnotisiert?

»Willst du mir nicht antworten?«, fragte Lucilla.

»Pepper, ich heiße Pepper.«

»Und weiter?«

»Nur Pepper«, antwortete er. »Alle nennen mich Pepper.«

Lucilla blieb stehen und drehte sich um. Sie zog eine Augenbraue in die Höhe. »Nur Pepper, soso. Wir haben oft Kinder hier, die keinen Namen haben.«

Was sie damit meinte, verstand Pepper nicht, aber es schien ihm besser, erst einmal keine Fragen zu stellen. Sie reichte ihm die Hand. Als er sie ergriff, blendete ihn plötzlich ihr Lichterkranz, als schaue er in die Scheinwerfer eines Lastwagens.

»Keine Angst«, sagte sie. »Ich führe dich.«

Beim Anblick des Zimmers, in das Lucilla ihn geführt hatte, verschlug es Pepper den Atem. In der Mitte stand ein Tisch von mindestens drei Metern Länge, die Breite lag nur knapp darunter. Er wurde von sechs stämmigen Steinsäulen getragen, was auch nötig war, denn er trug eine elektrische Eisenbahn, die ihresgleichen suchte. Pepper hatte sich nie für Modelleisenbahnen interessiert, aber diese hier musste einfach jedem Jungen und wahrscheinlich auch jedem Mädchen gefallen.

Eine hügelige Landschaft breitete sich vor ihm aus. Ein Städtchen mit Wohnhäusern, Bahnhof, Kirche, einem Marktplatz, auf dem man die Verkaufsstände erkennen konnte, mit kleinen Menschen, die Obst begutachteten oder um den Preis eines Huhns feilschten. Gleich nebenan rückte ein Feuerwehrauto zum Einsatz aus.

Eine Rollschuhbahn, auf der Kinder ihre Runden drehten, ein Riesenrad mit beleuchteten Gondeln, am anderen Ende ein kleiner See, den ein Dampfschiff überquerte, Eisenbahnschienen, die durch Tunnel, über Berge, Brücken, manchmal dreistöckig übereinander führten und ein Berg, der weit über Peppers Scheitel hinausragte, mit einer Seilbahn und mit Skifahrern, die die Hänge hinabsausten. Überall bewegte sich etwas, mindestens drei Züge, nein, vier waren gleichzeitig unterwegs.

»Ich hoffe, du bist mit dieser Unterkunft zufrieden«, hörte er hinter sich die Stimme Lucillas. »Ein Junge wohnte hier, der für seine Eisenbahn lebte und starb …« Sie stockte nur ganz kurz, dann lachte sie. »Was plappere ich, er war jedenfalls ganz vernarrt in diese kleine Welt auf sechs Säulen.«

»Wo ist er? Er will bestimmt nicht, dass ich damit spiele?!«, sagte Pepper.

»Er musste uns verlassen und dieses Monstrum passte in keinen Koffer und keinen Karton. Geh einfach vorsichtig damit um.«

Sie hatte das Zimmer nicht betreten. Jetzt verneigte sie sich, wobei ein paar Tropfen Wachs von den Kerzen auf ihrem Kopf auf die Schwelle fielen.

»Unsere Gastgeberin sieht es nicht gerne, wenn ich mit meiner Festbeleuchtung, wie sie sagt, im Haus herumlaufe. Ruh dich jetzt aus.«

Die Tür schwang geräuschlos hinter ihr zu.

Pepper schaute sich um. Der Rest des Zimmers war nicht sonderlich auffällig. Alles war sehr ordentlich, aber einfach eingerichtet. Im Kamin verglühten die letzten

Holzscheite, auf dem Sims darüber standen ein paar Kerzenleuchter und goldgerahmte Bilder, auf denen vergnügte Menschen zu sehen waren. Großvater und Enkeltochter oder Vater, Mutter und ein Junge, Kinder vor einem Weihnachtsbaum. Pepper wollte eines der Bilder in die Hand nehmen, aber es war fest mit dem Stein des Simses verschraubt.

Auf den ersten Blick gab es in dem Zimmer kein Bett. Bei genauem Hinsehen entdeckte Pepper, dass das Bett in eine Art Wandschrank eingelassen war, der zwar zum Zimmer hin offen stand, sich jedoch mit leichten hell- und dunkelgrün karierten Vorhängen vor neugierigen Beobachtern verschließen ließ.

Das kleine Fenster an der Stirnseite des Raums bedeckten Eisblumen, die nur einen verzerrten Blick nach draußen erlaubten. Pepper hauchte einmal auf das Glas und rieb die Stelle mit dem Ärmel seiner Jacke, aber die Feuchtigkeit des Atems gefror sofort. Das Fenster hatte keine Griffe. Man konnte es nicht öffnen. Durch die dicken Scheiben schimmerten ein paar Lichter, vielleicht waren es Straßenlaternen, denn sie schienen in einer langen Reihe zu stehen, die sich irgendwo im Nichts verlor.

Erst jetzt wurde Pepper klar, dass er sich überhaupt nicht mehr an den Weg in dieses Haus erinnern konnte, nicht einmal an das Haus selbst, nicht an die Treppe oder den Eingang, durch den Lucilla ihn geführt hatte. Seit er durch das erste Türchen von Mister Lugosis Adventskalender gegangen war, konnte er sich an fast nichts erinnern. Ein leeres Gefühl machte sich nun in seinem Kopf breit, einen kurzen Augenblick suchte er sogar in seinem Gedächtnis nach dem Grund, warum er hier war. Etwas ging durcheinander, er sah seine Mutter an einem Fenster stehen, konnte sich aber nicht sofort einen Reim darauf machen, wer die Frau am Fenster war und warum sie dort stand.

Ich bin müde, dachte Pepper, es war ein aufregender Tag. Im nächsten Moment konnte er sich aber nicht mehr erinnern, warum es ein aufregender Tag gewesen war.

»Ich muss schlafen«, murmelte er.

Er schlüpfte zwischen die schneeweißen Laken. Die dicke Steppdecke bestand aus großen mattgrünen Karos, die sich mit ebenso großen Vierecken abwechselten, auf denen immer ein und dieselbe Szene abgebildet war: Wölfe verfolgten einen offenen Schlitten, vor den zwei rotbraune Wallache gespannt waren.

Die Kufen schwangen sich wie goldene Schwanenhälse vorne am Schlitten hinauf. Auf den grünen Polstern der zweisitzigen Bank stand eine Person, das weiße Hemd offen, mit im Fahrtwind wehenden Haaren. Obwohl die Person die Pferdepeitsche hoch über dem Kopf schwang, um das Letzte aus den Tieren herauszuholen, waren die Bestien schon gefährlich nah herangekommen. Schlimmer als die Angst des Kutschers war jedoch die Panik in den Augen der Pferde, die trotz der winterlichen Kälte schweißnass glänzten. Obwohl die Bilder nicht größer als die Fläche eines Schulbuchs waren, konnte Pepper die Erregung der Tiere erkennen, mehr noch: Er spürte sie. Je nachdem, wie das Licht darauf fiel, sah es aus, als sprängen sie jeden Moment von der Steppdecke hinunter. Trotz des mulmigen Gefühls strich Pepper mit den Fingern über den Stoff und entdeckte, dass es Stickereien waren, die sich ein winziges bisschen wölbten. Deshalb sahen sie so echt, so lebendig aus.

Auch als seine Augen schon bleischwer geworden waren und er fast die Schwelle ins Reich der Träume überschritten hatte, strich Peppers Hand noch über die Decke.

Wie lange sein unruhiger Schlaf gedauert hatte, wusste Pepper beim Aufwachen nicht. Schüsse weckten ihn. Im ersten Augenblick dachte er, er sei noch im Traum verfangen, in dem das Knallen der Peitschen laut und lauter wurde. Er strampelte die Decke weg, stand eine Sekunde später hellwach vor dem Wandbett und hörte die Explosionen immer noch. Erst jetzt fiel ihm auf, dass er in seinen Klamotten geschlafen hatte. Nur die Boots mit dem flauschigen Schafsfell darin hatte er ausgezogen. Sie standen ordentlich nebeneinander vor dem Kamin, in dem große Holzstücke vom Feuer umzüngelt wurden. Die Scheite waren noch nicht sehr weit heruntergebrannt. Jemand musste, während Pepper schlief, im Zimmer gewesen sein, um den Kamin anzuzünden.

Wieder böllerte es irgendwo im Haus. Pepper streifte sich die Schuhe über.

Als er die Tür öffnete, sah er fröhliche Kinder durch den Flur sausen, von denen die meisten ihn kaum zu bemerken schienen. Statt angstvoller Schreie, wie er es wegen der Schüsse erwartet hatte, hörte Pepper fröhliche Kinderstimmen. Sie jauchzten, einige klatschten, Rufe nach mehr, mehr, mehr drangen zu ihm.

»Du bist der Neue, was?«, rief ein Mädchen, bevor sie sich mit lautem Juchei aufs Treppengeländer schwang. Einen Wimpernschlag später war sie schon verschwunden. Ein gedehnter Schrei begleitete ihre Rutschfahrt. Er ließ erahnen, wie lang der Weg hinunter sein musste. Pepper folgte ihnen, benutzte dazu jedoch lieber die Treppe.

Von seiner Ankunft in der weiten Halle im Erdgeschoss nahm niemand Notiz. Fast alle waren mit großen Papprollen beschäftigt, die in farbenfrohes Weihnachtspapier eingepackt und an beiden Seiten mit Schleifen zusammengebunden waren. Die bunten Riesenbonbons wurden an jedem Ende von einem Kind gehalten.

»Eins, zwei …«, zählte ein Mädchen und auf drei zogen die Kinder schnell und kräftig. Das Geschenkpapier zerriss, die Knaller, die Pepper schon in seinem Zimmer gehört hatte, lärmten ohrenbetäubend, goldener Glitter staubte auf, und die Knallbonbons gaben ihre Schätze preis: Süßigkeiten, kleine Spielzeuge und Schmuckstücke. Pepper erkannte einen kleinen Plüschaffen, der Töne von sich gab, wenn man auf seinen Bauch drückte. Ein Mädchen legte sich schnell einen Armreif ums Handgelenk, der ihr genau vor die Füße gefallen war.

Die Prozedur wurde wiederholt, bis jedes Kind einmal an einem der runden Päckchen gezogen hatte. Es mussten sechzig oder siebzig oder mehr Kinder sein. Und kein einziger Erwachsener, der irgendjemanden ermahnt hätte, leise zu sein oder Rücksicht auf die kleineren Kinder zu nehmen.

»So geht es jeden Morgen los«, hörte Pepper eine Stimme an seinem rechten Ohr. Erschreckt fuhr er zusammen.

Ein Junge, etwas größer als Pepper und kräftiger und schon mit einem hauchdünnen Flaum auf der Oberlippe, lehnte an dem Pfeiler am Ende des Treppengeländers. Er trug sonderbare Hosen, die nur bis kurz unter die Knie reichten und sich mit einer Schnalle eng um die Beine schlossen. Seine Waden steckten in sandfarbenen Wollstrümpfen, der Pullunder über dem weißen Hemd war kariert: Blaue und grüne Karos wechselten sich ab. Besonders auffällig waren seine im Nacken ganz kurz rasierten, oben auf dem Kopf jedoch langen schwarzen Haare, die das halbe Gesicht bedeckten. Ein messerscharf gezogener Seitenscheitel ermöglichte ihm wenigstens mit einem Auge etwas zu sehen. Um Pepper genauer zu mustern, warf er die Tolle nach hinten, wo sie höchstens eine Sekunde blieb.

Pepper konnte nicht sagen, ob es dem Jungen gefiel, dass es jeden Morgen so losging. So fröhlich wie all die anderen wirkte er nicht. Sein Blick haftete so lange und vor allem so eindringlich an Pepper, dass es kaum auszuhalten war.

Die Halle hatte sich geleert. Der Duft nach knusprigem Speck, gebratenen Eiern und Pfannkuchen zog aus einem der angrenzenden Räume herüber.

»Hunger?«, fragte der Junge. »Du kannst hier alles essen, keine Sorge.«

Pepper schwieg, obwohl er schon wieder vor Hunger fast starb. Er hätte allerdings gerne gewusst, warum er sich keine Sorgen machen musste.

»Ich habe keine Zeit«, sagte er. »Ich suche jemanden. Wenn ich sie gefunden habe, muss ich wieder los und …«

Sollte er sagen, was Mister Lugosi ihm hatte weismachen wollen? Kaum jemand würde ihm die Sache mit dem Adventskalender glauben. Pepper glaubte sie ja selbst nicht.

»Du suchst jemanden?«, fragte der Junge. Er schaute Pepper dabei an, als hätte er gefragt, ob der Premierminister ihm die Schuhe binden könne.

»Ja. Wo sind wir?«

»Das erfährst du noch früh genug.«

Der Junge strich sich die Haare aus dem Gesicht. Mit der anderen Hand schob er Pepper zur Seite. Er durchquerte die Halle, an deren Ende öffnete er eine Flügeltür. Schlagartig rumorten unzählige Stimmen, Messer und Gabeln klapperten auf Porzellantellern, verführerische Düfte schmeichelten sich durch Peppers Nasenflügel.

»Ich kann dir das Pflaumenmus empfehlen, einen ganzen Löffel voll auf eins der süßen Hörnchen«, sagte der Junge und verschwand im Speisesaal.

»Hey, da ist der King! Wo hast du gesteckt?«, hörte Pepper ein paar Kinder rufen.

Pepper trat auf die Schwelle des Raumes, durch den sich zwei lange Tischreihen zogen. Männer in weißen Schürzen trugen Schüsseln und Platten mit allen Frühstückskostlichkeiten der Welt hin und her. Die Kellner gossen Saft und heiße Schokolade aus mächtigen Kannen nach, sooft ein Kind danach verlangte. Sie trugen weiße Kopfbedeckungen, wie es in Restaurantküchen üblich war. An einem Lastenaufzug rief einer von ihnen Befehle in ein Trichterrohr, woraufhin kurze Zeit später die Bestellungen heraufgefahren kamen.

Der Junge, den die anderen den King genannt hatten, saß am Kopfende der linken Tafel. Er schaufelte sich Rührei auf den Teller. Dazu schnappte er sich einen Blaubeer-Muffin, bevor die Platte voller Törtchen an die nächste Reihe weitergegeben wurde. Das saftige Gebäck mit den dicken Früchten verschwand komplett in seinem Mund. Mit vollen Backen forderte er »Une schuggulude!«, und er bekam sein Getränk ohne ein Bitte oder Danke auf der Stelle von einem der Männer mit den Kannen.

Neben ihm saß ein blasses Mädchen mit blonden Haaren, etwa in Peppers Alter, und ein Junge, dessen dunkle Haut, schwarze Locken und die ebenso fast schwarzen Augen auffielen. Direkt neben ihm war ein Platz frei.

Einer der Männer in den weißen Schürzen forderte Pepper auf, den Platz einzunehmen, stellte eilig einen Teller und einen Becher hin und reichte ihm eine feine Serviette aus weißem Stoff. Zu Hause benutze Pepper so gut wie nie Servietten und wenn, dann waren sie aus Papier.

Plötzlich verstummten alle. Keine einzige Tasse klirrte mehr, keine Stuhlbeine schrammten über den Boden, nicht einmal ein Schmatzen oder ein noch so leiser Rülpser war zu hören. Der King war der Einzige, der – wenn auch ganz lautlos – weiterkaute. Er bemühte sich, den dicken Teigkloß in seinem Mund möglichst schnell hinunterzuwürgen.

Alle starrten zu Pepper hinüber. Sowenig sie ihn bisher beachtet hatten, so interessiert musterten sie ihn nun. Dann bemerkte er, dass sie gar nicht ihn anschauten.

Ein kalter Hauch fuhr ihm in den Nacken.

»Du bist also unser neuer Gast«, sagte jemand hinter Pepper.

Es war eine Feststellung, keine Frage. Weder Freude noch Ablehnung klangen aus diesem Satz heraus. Täuschte er sich oder wurde es in diesem Moment im Speisesaal noch leiser als leise? Keiner wagte zu atmen, als Pepper sich langsam umdrehte.

»H-allo!«, stotterte er.

Auch die regungslose Miene des Mädchens, das Pepper erblickte, verriet nichts darüber, ob dieser neue Gast willkommen war. Auf den zweiten Blick erschien sie Pepper gar nicht mehr wie ein Mädchen. Sie war schon eine junge Frau. Oder eine sehr alte. Pepper war verwirrt.

»Es ist schön, dass du zu uns gefunden hast, nicht wahr?«

Ihr Blick schweifte über die Köpfe der Kinder im Saal hinweg.

»Nicht wahr?«, wiederholte sie mit drängendem Ton und alle Kinder nickten mit einem Lächeln, einige riefen »Klaro!« oder »Natürlich, ja!«.

»Hier wird es dir an nichts mangeln, alle deine Wünsche werden erfüllt. Du kannst sie abends auf einen Zettel schreiben und diesen in die Wunschkästen werfen. Deine Freunde hier werden es dir zeigen!«

Wieder glitt ihr Blick durch den Raum.

»Ich su…« Pepper konnte den Satz nicht vollenden. »Autsch«, rief er und drehte sich blitzschnell.

Niemand rührte sich. Pepper rieb sich den Hinterkopf. Ein hartgekochtes Frühstücksei hatte ihn dort getroffen. Es lag mit zertrümmerter Schale vor ihm auf dem Boden.

»Wer war das?«, klirrte die Stimme des Mädchens durch den Saal. Ihre Blicke schweiften umher.

Keiner meldete sich.

»Ein paar von ihnen sind manchmal ein wenig widerspenstig und wild. Du wirst dich daran gewöhnen.«

Pepper betrachtete die Frau genauer. Die kleinen, aber vollen Lippen schienen in die blasse Gesichtshaut gepinselt worden zu sein. Sie schimmerten eher bläulich als rot. Alles andere, die Wimpern, die kaum von der Haut abgesetzten Lidränder, selbst die wässrig blauen Augen waren seltsam verwaschen – im Gegensatz zu ihren stecknadelkopfkleinen Pupillen, mit denen sie Pepper fest im Blick behielt.

Sie trug eine üppige Pelzkappe, unter der ihre Haare fast verschwanden. Aus dem gleichen silbergrauen Fell war der Umhang gefertigt, der bis zum Boden reichte. Sie zog ihn wie eine Schleppe von fast einem Meter Länge hinter sich her, als sie auf Pepper zuschritt.

Schwitzt sie nicht?, fragte Pepper sich, denn an der Stirnseite des Raumes prasselte in einem mannshohen Kamin ein Feuer. Die vielen Kinder, die Flammen der Warmhalteplatten und die Kerzen auf den Tischen heizten den Raum zusätzlich auf.

Eine Weile schaute sie Pepper still an. Sie legte den Kopf zur Seite.

»Willkommen, mein Junge!«, sagte sie endlich und streckte Pepper die Hand entgegen. »Ich bin Morana.«

Pepper erhob sich und nahm die Hand. Ein kalter Stoß durchfuhr ihn. Er zuckte zusammen, versuchte die Hand aus der des Mädchens zu lösen, aber es ging nicht. Ihr Griff war fester als der eines Gewichthebers. Fest und eiskalt. Peppers Blick flog zwischen den Händen und den Augen des Mädchens hin und her. Ihre Pupillen weiteten sich, ein öliger Glanz zog sich darüber, fast zwang der Augenblick ihr ein Lächeln ab, vielleicht kein wirkliches Lächeln, keine Freundlichkeit, sondern ein Hauch von Erleichterung.

Plötzlich riss sie ihre Hand aus Peppers.

Pepper torkelte zurück. Wenn nicht der dunkelhäutige Junge aufgesprungen wäre, um ihn zu stützen, wäre er rücklings auf den Frühstückstisch gefallen.

»Meinen Muff!«, befahl das Mädchen, worauf gleich mehrere Bedienstete loshasteten. »Und die Kugel, schnell, die Kugel!«, trieb ihre Herrin sie an. Eine Herrin war sie ohne Zweifel.

Pepper hatte die Männer noch gar nicht bemerkt, weil er so von der sonderbaren Gestalt gefangen gewesen war. Offensichtlich hatten sie in der Halle bereitgestanden. Alle waren glatzköpfig, in schlammbraune Anzüge gekleidet, deren Hosenbeine in Schaftstiefeln mit klirrenden Sporen steckten. Sie stakten zu dem Mädchen. Ihr Gang erinnerte Pepper an die Männer auf Stelzen, die er einmal in einem Wanderzirkus gesehen hatte.

Einer hielt ihr eine Rolle aus Fell hin, in die man von beiden Seiten die Hände stecken konnte. Ein kleiner, etwas dicklicher Diener trat neben sie.

In seiner Hand lag eine messingfarbene Kugel von der Größe eines dicken Apfels. Verspielte Ornamente aus exotischen Blumen und Vögeln bildeten die Oberfläche, die an vielen Stellen durchbrochen war, sodass Luft in das Innere strömen konnte.

Als der Dicke ein kleines Häkchen öffnete, erkannte Pepper den Sinn: Im Inneren verbarg sich ein kleiner Behälter, an dessen Öffnung ein zweiter Diener die Flamme eines Streichholzes hielt. Der Dicke verschloss die Kugel, die sich schnell durch die Ölflamme aufheizte. Er reichte dem Mädchen den Handwärmer.

Sie legte die Hände um das erhitzte Metall. In ihrem Gesicht regte sich zum ersten Mal etwas, aber es war keine Freude darüber, dass die Kälte aus ihren eisigen Fingern getrieben wurde. Sie drehte die Kugel, umklammerte sie fester, strich zärtlich mit einer Hand darüber. Ihre Miene verzog sich zu einer wütenden Grimasse. Urplötzlich holte sie weit aus.

In der Mitte des Esstisches zogen die Kinder die Köpfe ein.

Morana warf das Messinggerät mit aller Kraft quer durch den Raum. Die Kugel zerschellte an der Wand. Das Öl ergoss sich über die Tapete, fing Feuer. Ein kleiner Tumult entstand, als die Glatzköpfe die Flammen mit einer Decke erstickten.

»Weg da!«, keifte das Mädchen.

Sie stieß Pepper zur Seite. Mitsamt ihren Dienern, die mit ihrem sonderbaren Gang kaum hinterherkamen, rauschte sie hinaus aus dem Speisesaal. »Wir sprechen uns noch«, hallte ihre Stimme von draußen herein. Die Türen schlugen zu.

»Lieber nicht«, murmelte Pepper.

»Manchmal ist sie ein bisschen aufbrausend«, sagte der Junge, der ihn aufgefangen hatte. »Aber das macht gar nichts«, fügte er hinzu, »denn sie ist sehr gut zu allen. Ich bin Maroun«, stellte er sich vor. »Das ist Babette und den King kennst du ja schon.«

Das blonde Mädchen und der Junge am Kopfende des Tisches nickten ihm zu.

»Wenn du willst, zeige ich dir das Haus«, bot Maroun Pepper an.

Maroun führte Pepper durch das Haus, zeigte ihm die Waschräume, eine altmodische Turnhalle, die genauso roch wie alle Turnhallen der Welt: ein bisschen nach Schweiß, ein bisschen nach dem abgeriebenen Gummi der Sportschuhe, ein bisschen nach dem Ärger, wenn die gegnerische Mannschaft gewonnen hatte.

Egal wo die beiden Jungen auftauchten, begegneten sie fröhlichen Kindern, die spielten oder sangen. In der Küche mit drei gewaltigen Backöfen halfen die Älteren den Kleinen beim Weihnachtsplätzchenbacken. In einer Werkstatt schnitzte ein Mädchen einen Ochsen. Ein paar Schafe, ebenso ein Schäferhund und ein Esel lagen auf dem Arbeitstisch und warteten darauf, von einem anderen Mädchen kunstfertig angemalt zu werden. Ein paar Jungs zimmerten den Stall, der der Mittelpunkt der Krippe werden sollte.

Nur in der Bibliothek, die fast die Hälfte des Erdgeschosses einnahm, herrschte andächtige Stille an den Lesetischen. Pepper wunderte sich, wie viele Kinder dort im Schein der kleinen Schirmlampen schmökerten, so gebannt, dass sie die beiden Jungen gar nicht bemerkten.

»Ich lese nur, wenn ich muss«, kicherte Pepper.

Er erntete sofort ein paar vorwurfsvolle Blicke. »Scht!«, zischte jemand.

Maroun schob ihn hinaus und zog die Tür vorsichtig zu. »Hier lang«, wies er Pepper den Weg in die große Eingangshalle. Dort begann er damit, die Kerzen in den Leuchtern, die an den Wänden hingen oder auf den Tischen standen, anzuzünden.

»Dafür bin ich zuständig, ich zünde sie jeden Tag an«, sagte Maroun. Er klang nicht sehr glücklich dabei. »Jeder hat hier eine Aufgabe.«

»Ich kann dir ja helfen, solange ich hier bin jedenfalls!«, bot Pepper ihm an.

Maroun schüttelte den Kopf. »Das bestimmt Morana.«

»Hey, was seid ihr für Tratschweiber?«

Der King stand in der Glastür, die aus dem Innenhof zum Vorderhaus mit der Halle und der Freitreppe führte. Seine Fäuste steckten tief in den Hosentaschen. Er warf seine Haartolle zurück.

»Lucilla will dich sprechen. Mit den Kerzen stimmt was nicht. Angeblich fehlen welche!«

Maroun schlug die Augen nieder. Er drückte sich am King vorbei, der keinen Millimeter Platz machte.

Der King wandte sich zum Gehen, blieb dann aber doch noch einen Augenblick. »Überleg dir genau, wem du hier vertraust!«, sagte er.

Bevor Pepper fragen konnte, was er damit meinte, war der Junge ebenfalls verschwunden.

Pepper versuchte auf eigene Faust zu seinem Zimmer zu finden. Das Haus war verwinkelt, ein langer Flur reihte sich an den nächsten, der sich wiederum fast wie in einem

Labyrinth in Gänge und Stiegen verzweigte oder einfach irgendwo endete. Das Gebäude schien aus mehreren Flügeln zu bestehen, vielleicht waren es auch Anbauten, die mit den Jahren notwendig geworden waren, um die wachsende Zahl von Kindern aufzunehmen.

Als er endlich vor der Tür seines Zimmers stand, hörte er ein Geräusch. Es musste aus einem der Zimmer links von der Treppe kommen. Pepper verhielt sich ganz still. Da war es wieder! Jemand weinte.

Pepper horchte an der nächsten Tür, an der übernächsten und an der dritten. Sie stand einen winzigen Spaltbreit offen. Jetzt waren die Schluchzer deutlich zu hören.

Einen Moment zögerte Pepper, aber dann drückte er die Handfläche gegen das Holz des Eingangs. Die Tür knarrte, und er hatte sie noch keine zwei Zentimeter geöffnet, als Babettes verheultes Gesicht in dem schmalen Spalt auftauchte. Es war gesprenkelt mit roten Flecken, ihre Nasenspitze glänzte ebenfalls rot. Ihre Haare waren jetzt zu dicken Zöpfen geflochten.

»Was tust du hier?«, fragte sie.

»Ich habe etwas gehört«, sagte Pepper. »Du hast geweint.«

»Nein, nein«, wehrte Babette ab, konnte jedoch den nächsten Schwall Tränen nicht zurückhalten.

»Was ist denn passiert?«, fragte Pepper.

Er machte einen erneuten Versuch, das Zimmer zu betreten. Das Mädchen drückte von der anderen Seite gegen die Tür. Sie stopfte ein zerknülltes Papiertaschentuch in die Tasche ihres bis über die Knie reichenden Rocks, der blau-weiß kariert war. Außerdem trug sie eine schneeweiße Bluse und eine gestärkte Schürze aus einem schlichten hellblauen Stoff.

»Du darfst mich nicht verpetzen, bitte«, flehte Babette ihn an.

»Verpetzen? Was hast du denn getan?«

»Geweint«, lautete die Antwort.

»Das ist doch kein Verbrechen!«

»Nein, nein, nein, das ist gar nicht gut, gar nicht gut.«

Sie hatte die ganze Zeit geflüstert, nun aber konnte Pepper kaum verstehen, was sie sagte, so leise fuhr sie fort: »Wer nicht fröhlich und lachend durch das Haus läuft, tut Morana weh, das willst du doch nicht?«

Sie brach mitten im Satz ab. Eine Gruppe Kinder, die von einem der glatzköpfigen Männer geführt wurde, bog um die Ecke. Babette lachte übertrieben laut und rief: »Es ist der schönste Ort der Welt, du wirst schon sehen!«

Der Glatzkopf blieb kurz stehen. »Wir basteln Strohsterne für den Weihnachtsbaum. Kommt mit!«, forderte er Babette und Pepper auf. Seine Stimme klang blechern, wie ein Roboter spulte er die Sätze ab. »Lisa, Penelope und Moira sind auch dabei.«

»Wir üben mit dem Chor. Ich habe dem Neuen versprochen, ihm ein bisschen zu helfen. *Schneeflöckchen, Weißröckchen, wann kommst du geschneit* …«, begann Babette zu trällern. Sie zog hastig ihre Zimmertür zu und zerrte Pepper zur Treppe.

»Gut«, antwortete der Glatzkopf, ohne eine Miene zu verziehen.

»Ich kann ungefähr so gut singen wie ein Krähe«, wehrte Pepper sich.

»Das ist egal. Hauptsache, du siehst dabei aus wie ein glückliches Kind!«

»Ich habe keine Zeit zum Glückliches-Kind-Spielen«, erwiderte Pepper, aber schon war er in eine Gruppe von Jungen und Mädchen eingereiht, die ebenfalls von einem Glatzkopf geführt wurden. Er sorgte dafür, dass sich alle in der Halle vor dem bis zur Decke reichenden Gemälde aufstellten. In dem goldenen Rahmen überraschte ein Weihnachtsmann eine Familie mit vielen Kindern in altmodischen Kleidern. Alle waren festlich herausgeputzt, ein Weihnachtsbaum erstrahlte im Lichterglanz von Kerzen und bunten Kugeln.

Pepper fand sich zwischen zwei Jungen wieder, die aufgeregt in ihren Noten blätterten. Nach ein paar Liedern stellte Pepper fest, dass es in einem Chor gar nicht so sehr darauf ankam, ob die einzelnen Sänger gut klangen. Alle zusammen brachten sie die Weihnachtslieder ganz gut hin.

»Glocken klingen nah und fern, weihnachtlich erstrahlt der Baum …«, stimmten die Kinder das erste Lied an.

Schon beim zweiten Versuch klangen die Worte wirklich wie Glocken, fast schien es sogar, als blitzten die Kugeln und Kerzen in dem Bild bei jedem Takt des Liedes ein wenig mehr.

»Zwischen Ochs und Eselein, schlaf, schlaf, schlaf, mein liebes Kind, tausend Engelein wollen bei dir sein, wollen musizieren für das Kindelein«, ertönte schon das nächste Lied.

Eins folgte auf das andere, anfangs noch ungewohnt und kitschig für Peppers Ohren, aber als der Glatzkopf die letzte Melodie auf dem polierten lackschwarzen Flügel vorgab, sang Pepper aus voller Brust den Text, den er noch nie zuvor gehört hatte: *»Hört ihr die Englein singen, Halleeelujaaa …«*

In seiner Brust vibrierten die Töne. Seit Jahren hatten sie zu Hause nicht mehr musiziert, höchstens *Stille Nacht, heilige Nacht* gesungen und waren davon nur traurig geworden. Er fühlte sich selbst wie ein Engel, in seinem Kopf mischten sich die Töne mit Farben und Düften, die er noch nie zuvor gerochen hatte. Sie prickelten auf der Haut, dass sich die Härchen in seinem Nacken aufstellten.

Nach dem Ende der Chorprobe fiel Pepper erschöpft in einen der Lehnstühle, die die Wände der Halle säumten. Babette trat zu ihm. Ihre Wangen glühten, aber die roten Flecken darauf rührten nicht vom Weinen. Keine Spur entdeckte Pepper mehr von der Verzweiflung, ihre Traurigkeit war wie verflogen.

»Schön, dass du nicht mehr traurig bist«, begrüßte Pepper sie.

»Traurig? Wie kann man hier traurig sein?« Babette stellte die Frage in einem Ton, als hätte sie noch nie in ihrem Leben eine Träne vergossen.

»Warum hast dann eben so schrecklich geweint?«

Babette schüttelte den Kopf. Ihre Zöpfe wippten hin und her. »Geweint? Wie kommst du darauf? Es ist so wunderbar hier, warum sollte ich weinen?«, jubilierte sie, fast so, als trällere sie immer noch eines der weihnachtlichen Lieder. Dann hüpfte sie davon. Halb summte sie, halb sang sie: *»Hört ihr die Englein singen … hmmhmm-la-laaa … Hört ihr die …«*

Ein tückischer Auftrag

Nach dem Singen blieb Pepper kaum Zeit, weil schon das Abendessen bereitstand. Er ging also erst gar nicht hinauf in sein Zimmer, sondern gleich rüber in den Speisesaal, in dem ihn wieder die durcheinanderplappernden Bewohner des Hauses empfingen.

»Ich habe es geschafft, das ganze Gedicht, ohne Fehler!«, prahlte ein Junge mit Segelohren, bei denen schon eine leichte Windböe gereicht hätte, um den schmalen Burschen zum Abheben zu bringen. Sein Tischnachbar packte ihn an einem der Lauscher und rüttelte ihn. »Beweisen!«, forderte er lauthals, worauf sofort alle anderen aufsprangen und mit einer Stimme riefen: »Beweisen! Beweisen! Beweisen!«

»Denkt euch, ich habe das Christkind gesehen!«, begann der Junge. Er traute sich kaum, die Augen zu heben, knüllte die Serviette in der einen Hand und kratzte sich mit der anderen am Kopf. Bei der nächsten Zeile jedoch fand er Zutrauen, holperte höchstens an ein oder zwei Stellen. *»Es kam aus dem Walde, das Mützchen voll Schnee, mit rot gefrorenem Näschen!«* Die Ohren des Jungen strahlten tomatenrot vor Aufregung, aber er kletterte auf den

Stuhl und gab seiner Stimme Kraft und Fülle, indem er die Brust herausdrückte und viel Luft holte. »*Die kleinen Hände taten ihm weh, denn es trug einen Sack, der war gar schwer, schleppte und polterte hinter ihm her. Was drin war, möchtet ihr wissen?*«

Ein wahrer Orkan setzte ein. »Ja, ja«, schrien die Kinder an den Tischen. Sie warfen ihre Bestecke hin, zwei Mädchen umarmten sich und drückten sich fest Wange an Wange aneinander. »Was war drin?« und »Wir wollen es wissen!«, schallten die Rufe durch den Raum.

»Ja! Was? Was?«, hörte Pepper plötzlich eine bekannte Stimme. Es war seine eigene.

Er stand neben dem Tisch, schlug die Hände begeistert zusammen, hüpfte auf und ab. Ohne es zu bemerken, hatte er sich von der allgemeinen Begeisterung anstecken lassen. Die zwei Schritte zurück zu seinem Platz kamen ihm wie eine endlose Strecke vor. Er schämte sich, aber er kam nicht dazu, sich weitere Gedanken zu machen, denn der Junge mit den Segelohren sprach weiter und wieder ging ein sonderbarer Sog von seinen Worten aus.

»*Ihr Naseweise, ihr Schelmenpack! Denkt ihr, er wäre offen, der Sack? Zugebunden bis obenhin*«, hallten die Verse durch den Raum, dann wurde seine Stimme beschwörend leise, die Luft knisterte, nur noch hier und da war ein tiefer erwartungsvoller Seufzer zu hören: »*... doch war gewiss etwas Schönes drin. Es roch so nach Äpfeln und Nüssen!*«

Den Bruchteil einer Sekunde später saßen wieder alle

Kinder an ihren Plätzen. Wieder warteten die Männer in langen Schürzen, um alle mit Wurstplatten, Käse, Brot und Butter zu versorgen, kalte Entenbrust, Heringssalat, Fleischwürste, Brezeln, saftiges Kartoffelbrot oder knuspriges Baguette – von allem war etwas da. Tee und Milch standen zur Auswahl, ebenso Limonade, die der Favorit bei fast allen war.

Babette winkte Pepper zu. Sie hatte den Platz neben sich für ihn frei gehalten. Ein paar Mädchen kicherten, als er den Platz zu Babettes Linken einnahm. Babette stellte ihm ihre Freundinnen Lisa, Penelope und Moira vor.

»Wir sind das vierfache Lottchen«, lachte Moira oder Lisa. Pepper konnte sich die Namen nicht so schnell merken. Sie sahen wie die vierfache Ausgabe einer Person aus. Ihre Kleider glichen eines dem anderen, ebenso die Frisuren mit den geflochtenen Zöpfen.

»Wie gefallen dir unsere Dirndl?«, fragte Penelope. Oder Lisa. Oder Moira. Jedenfalls sprang das Mädchen auf und drehte sich so schnell um die eigene Achse, dass der Rock sich glockenförmig aufplusterte.

Pepper wusste nicht, was sie meinte. Er wurde rot. Jetzt lachten alle vier Lottchen.

»Die Kleider!«, flüsterte ihm jemand zu. Einer der Männer in den weißen Schürzen stand neben ihm.

»Diese Kleider nennt man Dirndl. In den Alpenländern trägt man solche Trachten, aber du solltest einmal die Festtagsdirndl der Damen sehen, die sind noch schöner.«

Sofort umringten ihn die vier Mädchen. Sie bedrängten den Mann so sehr, dass er seine Mütze verlor. »Bekommen wir welche? Mit Stickereien?« – »Und Schürzen aus grüner Seide!« – »Atlas-Schleifen, rote Atlas-Schleifen!«

»Aber, aber, nicht so stürmisch, Mädchen. Ihr wisst doch, dass ich nichts sagen darf. Schreibt es auf eure Zettel und verratet niemandem etwas.« Er schaute einer nach der anderen in die Augen. »Je geheimer eure Wünsche bleiben …«

»… desto eher gehen sie in Erfüllung«, zwitscherten die vier, setzten sich dann aber schnell wieder hin und machten sich übers Abendbrot her.

Ansonsten herrschte während des Abendbrots wieder eine ausgelassene Stimmung, die jedoch von einer Spannung getragen wurde, wie Pepper sie am Morgen nicht gespürt hatte. Ohne zu wissen, was diese Spannung ausmachte, fühlte Pepper ganz deutlich, dass alle auf das Ende der Essenszeit hinfieberten, so als erwarteten die Kinder noch einen Höhepunkt.

Als nach dem Abendbrot alle in ihre Zimmer eilten, nutzte Pepper das Gewusel der Kinder, um Babette zu fragen: »Ich suche ein Mädchen mit dem Namen Angelina?«

Babette stutzte. »Du suchst Angelina?« Sie benutzte den Namen so selbstverständlich, als wüsste sie etwas über seine Schwester.

»Ja, ich will sie holen. Weißt du, wo ich sie finden kann?«

Babette antwortete nicht sofort. Eindringlich betrachtete sie Pepper, legte den Kopf zur Seite. Pepper nickte ihr auffordernd zu, aber Babette sagte plötzlich einfach nur »Nein!« und drängte sich an ein paar Jungen vorbei, schaute sich auf dem obersten Treppenabsatz kurz um und verschwand eilig in einem der Flure.

Pepper wollte ihr folgen, aber jemand hielt ihn am Arm fest.

»Morana verlangt nach dir!«

Der Klang der Stimme kam Pepper merkwürdig vertraut vor. Einen Herzschlag lang glaubte er, Mister Lugosi stünde hinter ihm. Stattdessen erblickte er einen der Glatzköpfe.

Der haarlose Kopf des Mannes, der Pepper abgeholt hatte, glänzte nicht wie bei den meisten anderen. Schorfige Haut überzog den Schädel. Falten durchschnitten sein Gesicht. Die buckligen Schultern hinderten ihn an einem aufrechten Gang.

Der Mann unterschied sich von allen anderen, denn er trug einen Anzug aus einem viel feineren Stoff. Eine Reihe aus blitzenden Goldknöpfen hielt die dunkelrote Samtjacke bis hoch zum Kinn geschlossen. Er führte Pepper durch ein Gewirr von Gängen.

Pepper konnte ihm kaum folgen, denn er bewegte sich immer schneller und schneller, wirbelte herum, drehte sich nach links, ging im nächsten Moment nach rechts. Pepper verlor völlig die Orientierung, bis der Mann plötzlich stehen blieb.

Der Flur, in dem sie sich befanden, glich denen, die er bisher gesehen hatte, wie ein Ei dem anderen. Der Glatzkopf schob eine der hölzernen Wandvertäfelungen zur Seite und ein Gitter kam zum Vorschein. Auch das schob er beiseite. Jetzt erkannte Pepper den altmodischen Aufzug mit einer offenen Personenkabine, die nur durch das Gitter geschützt wurde.

Der Glatzkopf deutete hinein. »Bitte schön.«

Pepper betrat den Aufzug. Kaum war der Mann ihm gefolgt, rasselte das Gitter vor die Kabine, die Holzvertäfelung glitt an ihren Platz zurück. Der Lift ruckelte, Zugseile sirrten, es quietschte. Im ersten Moment konnte Pepper nicht ausmachen, ob sie auf- oder abwärts fuhren. Er erinnerte sich, dass das Gebäude nur zwei Stockwerke haben konnte, jedenfalls über der Erde.

Ihm kam der Gedanke, dass es hier vielleicht gar kein über und unter der Erde gab. Dort, wo er seit seinem Schritt über die Schwelle des Kalenders gewesen war, gab es jedenfalls nur das Erdgeschoss mit der Halle, dem Speisesaal und all den anderen Räumen, in denen gebacken, gesungen und gebastelt wurde, und den ersten Stock mit den Zimmern der Kinder. Als der Aufzug mit einem unsanften Ruck stehen blieb, war Pepper sich jedoch sicher, dass sie nach unten gefahren waren.

Sie verließen den Aufzug, durchquerten einen kargen Raum und traten auf einen weitläufigen Innenhof. Fackeln beleuchteten das gepflasterte Rechteck spärlich. Am oberen Ende entdeckte Pepper einen Ausgang, der einer mittelalterlichen Zugbrücke glich. Sie war verschlossen. An den Seiten reihten sich Stallungen auf, allerdings waren weder Pferde noch andere Tiere zu sehen. Nur ein Tor stand offen. Jemand trug einen Strohballen hinein.

»Hier lang«, sagte der Mann im roten Samtanzug.

Pepper folgte ihm zu einer breiten Marmortreppe mit nur wenigen Stufen. Sie führten in eine Halle, deren Wände bis hoch unter die Decke von Wandteppichen mit einer Vielzahl von Abbildungen überzogen waren. Sie erinnerten ihn an die gestickten Bilder auf seiner Bettdecke, aber es blieb ihm keine Zeit, sie genauer zu betrachten. In einer hohen zweiflügeligen Tür stand Morana. Sie war wieder ganz in Pelze gehüllt, diese jedoch schimmerten rotbraun.

»Warte hier«, befahl Peppers Begleiter. Er trat zu Morana und flüsterte ihr etwas ins Ohr.

»Mehr Licht«, forderte Morana.

Sekunden später flammten Fackeln auf, die links und rechts der Tür in Metallhaltern an der Wand hingen. Der gesamte Raum erstrahlte nun im flackernden gelblichen Schein des Feuers. Die Flammen züngelten gefährlich weit in die Höhe. Sie drohten die Wandteppiche in Brand zu setzen. Nur ein paar Schritte von Pepper entfernt drehte ein Glatzkopf hastig ein Ventil ein wenig zurück, mit dem die Ölzufuhr zu den armdicken Dochten, aus denen die Flammen schlugen, gedrosselt wurde.

Die anderen Glatzköpfe erstarrten. Keiner rührte sich.

»Du Tölpel«, schimpfte Morana. »Willst du uns alle abfackeln?«

Morana zog einen Stab aus schwarzem Holz unter ihrem Pelz hervor. An beiden Enden verdickte sich der Stock zu einer Kugel mit dem Durchmesser einer Faust. Pepper glaubte zwei Gesichter darin zu erkennen. Sie versetzte dem alten Glatzkopf zwei, drei Schläge. Dann wendete sie sich zu Pepper. »Und nun zu dir, mein Junge«, säuselte sie mit einem Lächeln auf den Lippen.

Mister Lugosi überprüfte stündlich das Rollgitter vor der Ladentür. Er vergewisserte sich, dass auch der Hintereingang und alle Fenster im Erdgeschoss verriegelt, die Rollläden herabgelassen waren. Für die nächsten Tage, wenn nötig sogar für die nächsten drei Wochen, würde er niemandem Eintritt gewähren. Das Haus, nicht einmal den Laden würde er verlassen, außer wenn die Natur es verlangte und er seine Notdurft verrichten musste. Für Homer gab es eine Hundeklappe, durch die die Bulldogge in den Garten und wieder hinein ins Haus schlüpfen konnte.

Lugosis Besucherin war, kurz nachdem Pepper den Kalender betreten hatte, fortgegangen. »Gegangen« war der falsche Ausdruck. Sie war verschwunden, wie sie vorher aufgetaucht war. Aus dem Nichts, wie es schien. Homer hätte dem Mister an dieser Stelle widersprochen. Der Hund war seinem Herrn in vielen praktischen Angelegenheiten unterlegen, aber er spürte viel früher als Mister Lugosi, wenn sich Unheil oder Glück ankündigten.

»Vielleicht hättest du den Jungen begleiten sollen«, sprach Mister Lugosi zu seinem vierbeinigen Freund, so wie er es immer tat, wenn niemand dabei war, und er gab sich wie sonst auch gleich die Antwort. »Nein, du wärest ihm keine Hilfe, ich weiß es ja!«

Homer starb fast vor Sehnsucht, wenn er auch nur ein paar Stunden ohne sein Herrchen aushalten musste, gut zu Fuß war er auch nicht und im Dunkeln fürchtete er sich mehr als jedes Kind. Trotzdem beleidigte ihn dieser Satz ein wenig. Eines Tages, nahm Homer sich vor, würde er es dem Mister schon zeigen.

Lugosi plagte schon jetzt das schlechte Gewissen. Der Junge war in buchstäblich letzter Sekunde durch die Tür getreten. Vielleicht hatte er ihm auch einen kleinen Stoß gegeben, das mochte sein. Der Geruch hatte für wenige Augenblicke ekelerregende Ausmaße angenommen, ein ganzer Zentner verfaulter Kartoffeln konnte nicht so stinken. Eines der Rätsel war diese Beleidigung jeder Nase, denn man wurde davon eher abgeschreckt, als dazu verleitet, den Kalender zu betreten. Gleich darauf hatte Lugosi das Licht gesehen, nur sehr kurz, weil es sofort von einer breiigen Schwärze übertüncht wurde. Glockenklingen hatte er gehört, ein paar Worte in finnischer Sprache – Lugosi glaubte jedenfalls, es sei Finnisch gewesen, sicher war er sich nicht –, dann war das Türchen des ersten Dezembers zugeschlagen. Ein Klappern riss Lugosi aus seinen Gedanken.

»Homer: Alarm!«, rief er ohne jede Vorwarnung.

Der Hund schaute ihn aus seinen tränenden Augen verständnislos an. Béla stieß den Lauf der Winchester, auf die er sich gestützt hatte, auf den Boden und wiederholte den Befehl. Jetzt gehorchte Homer, fletschte die Zähne, knurrte, verlor dabei aber das Gleichgewicht und kippte zur Seite.

»Ach, Jungchen«, seufzte Béla, der den Befehl seit Monaten mit der Bulldogge geübt hatte, »wir verlassen uns wohl besser auf die Flinte.«

Er strich über den bleischwarzen Lauf. Das Gewehr stammte zwar aus dem Jahr 1883, aber seinen Dienst tat die Waffe noch wie an ihrem ersten Tag, als sie an einen gewissen Mister Ronald P. Wayne übergeben worden war. Der erste Eigentümer hatte seinen Namen in den Schaft graviert, aber selbst nur einen Schuss abgefeuert, der seine Frau das Leben kostete, natürlich versehentlich, wie vor Gericht festgestellt wurde.

Béla Lugosi war sich nicht sicher, ob er die Bedienungsanleitung für ein solches Gerät richtig verstanden hatte, denn Waffen waren seine Sache nicht. Jedoch hatte der Antiquitätenhändler, von dem er das Gewehr vor wenigen Wochen erworben hatte, geschworen, dass das Meisterstück aus dem Hause Winchester in den vergangenen 120 Jahren regelmäßig gereinigt und geölt worden sei.

Lugosi horchte in die Dunkelheit. Nichts. »Fehlalarm«, murmelte er und Homer dachte: Na bitte!

Ob eine Flinte gegen den Besuch, den Béla erwartete, etwas ausrichten würde, stand in den Sternen. Er wischte die Bedenken beiseite. Mit einer Tasse Tee in der einen Hand und dem Gewehr in der anderen machte er es sich im Ohrensessel bequem. Homer lag bereits in seinem Körbchen, streckte alle viere von sich und schnarchte.

»Soll er nur kommen«, murmelte Lugosi. »Soll er nur kommen!«, wiederholte er mit Nachdruck. »Den Kalender bekommt er nicht! Eher brenne ich ihm ein Loch in den Pelz.«

Morana hatte Pepper in ihre Gemächer geführt. Sie bestanden aus mehreren ineinander verschachtelten Räumen, deren Mittelpunkt eine von Säulen getragene Kuppel bildete. Pepper schwindelte es einen Augenblick, weil die Rundbögen und Portale allen Gesetzen der Baukunst zu widersprechen schienen. Einige Pfeiler neigten sich nach vorne und hätten eigentlich zusammenbrechen müssen, andere endeten im Nichts, und die Decke darüber schwebte frei im Raum. Nischen in den Wänden entpuppten sich als eigene kleine Zimmer. Ihre Tiefe und Breite veränderten sich jedoch – je näher er kam, desto kleiner wurden sie. Wenn Pepper einen Schritt zurück machte, erschienen sie ihm größer und weiter.

Nach hinten öffnete sich ein langer Gang, der langsam anstieg. Ein paar Stufen, ein Podest, wieder ein paar Stufen und wieder ein Podest – so ging es in eine unbestimmte Ferne weiter. Auf jedem Podest stand eine lebensgroße Statue aus sandfarbenem Stein. Pepper wollte sie näher betrachten, aber Morana klatschte zweimal in die Hände und der alte Glatzkopf trug auf einem silbernen Tablett zwei zartwandige Tassen und eine bauchige Kanne herein.

»Darf ich eine Stärkung servieren?«, fragte er.

»Stell es dort neben den Ofen«, bat Morana. »Auf das Tischchen.«

Die Tassen klirrten, als der Mann ihrer Anweisung folgte. Seine Hände zitterten beim Eingießen, sodass er ein paar Tropfen des dickflüssigen Kakaos auf die lackierte Tischplatte vergoss. Pepper erwartete ein Donnerwetter von Morana, aber sie verlor kein Wort über das Missgeschick des Glatzkopfs. Sie nahm ihm die Kanne aus der Hand.

»Ich möchte unseren neuen Gast selbst verwöhnen«, sagte sie, worauf der Glatzkopf sich verneigte, zwei oder drei Schritte rückwärts ging und genauso unauffällig verschwand, wie er gekommen war.

Der süßliche Geruch der heißen Schokolade zog Pepper in die Nase. Bei Mrs Cloud bekam er zwar auch jeden Tag Kakao, aber mit dieser Köstlichkeit, die nun wie ein breiter zartbitterer Strom durch seine Kehle glitt, konnte Mrs Clouds Trunk nicht ganz mithalten.

»Hast du schon Freunde gefunden?«, wollte Morana wissen.

Pepper konnte ihr nicht antworten. Ohne vorher zu fragen, hatte er sich eine Marzipankartoffel in den Mund geschoben.

Morana nickte ihm aufmunternd zu. Sie schob die

Schale mit den weihnachtlichen Süßigkeiten sogar ein bisschen weiter zu ihm hinüber. »Ja, greif nur zu, mein Junge. Wir wollen es hier alle wunderschön haben. Wir *haben* es wunderschön hier, nicht wahr?!«

Es schien nicht ratsam, der Gastgeberin zu widersprechen. Pepper hatte das längst begriffen. Er überlegte vielmehr, wie er das Gespräch auf den Grund seines Besuches bringen sollte.

Eigentlich hatte er sich vorgenommen, jedes einzelne Zimmer zu durchsuchen, sobald es im Haus ruhig geworden war. Auch beim Abendessen hatte er die Augen offen und nach seiner Schwester Ausschau gehalten, sie jedoch nirgendwo gesehen. Bei einem Mädchen hatte er eine Ähnlichkeit mit Angelina entdeckt, aber es hatte sich herausgestellt, dass sie Kate hieß und viel zu jung war.

Angelina war vor sechs Jahren verschwunden. Pepper selbst war erst vier gewesen. Obwohl Angelina von ihrer Mutter nicht nur das musikalische Talent geerbt hatte, sondern auch das dicke schwarze Haar und die kleine Lücke zwischen den Schneidezähnen, war die Erinnerung an ihr Gesicht langsam verblasst. Am stärksten verband Pepper den Klang des Geigenspiels mit seiner Schwester, den er auch nach all der Zeit immer wieder einmal in den Ohren zu haben glaubte.

»Du musst ein paar Dinge lernen, wenn du es hier genauso gut haben willst wie die anderen Kinder.«

In Moranas Stimme klang etwas mit, das Pepper deutlich warnte.

»Wir streiten nicht, wir weinen nicht, wir lügen nicht, wir beneiden einander nicht, wir haben uns alle sehr lieb, aber vor allem bemühen wir uns, dass es das schönste Weihnachtsfest unseres ganzen Lebens wird«, erklärte Morana. »Das ist gar nicht schwer, wie du heute schon gesehen hast. Mir wurde berichtet, wie schön du gesungen hast.«

»Ich muss aber bald zurück«, brachte Pepper zaghaft vor.

»Zurück? Wohin, mein Kleiner?«

»Nach Hause.«

Wohin denn sonst?, wollte Pepper noch anfügen, aber er kam nicht dazu.

Morana brach in schallendes Gelächter aus. »So etwas aber auch! Nach Hause, sagt der kleine Mann!«

Langsam nervten Pepper die *mein Kleiner* und *mein Junge* und *kleiner Mann*. So redete nicht einmal Mrs Cloud mit ihm und die Haushälterin behandelte ihn oft genug wie jemand, der nicht Katzen rettete, nicht an Moormans Efeu hinaufkletterte und nicht schon elf Narben hatte.

»Dein Zuhause ist doch jetzt hier bei uns, Pepper!« Moranas Stirn kräuselte sich. »Das wirst du schnell begreifen. Nur in den ersten Tagen fällt es dir schwer. Gib uns allen eine Chance, es ist nur zu deinem Besten. Damit es dir leichterfällt, habe ich mir etwas für dich ausgedacht. Ich habe sofort gemerkt, dass du kein Kind mehr bist, kein kleiner Junge, sondern fast schon ein richtiger Mann. Solche wie dich brauchen wir. Du wirst schon morgen mit

Herrn von Kramp eine wichtige Aufgabe für uns alle übernehmen, nämlich …«

Morana legte den Zeigefinger auf ihre Lippen.

»Scht, nein, das erfährst du erst morgen, es ist eine Überraschung! Jetzt gehst du auf dein Zimmer, dort wartet schon deine Mappe auf dich.«

Als sie Peppers verständnislosen Blick bemerkte, schlug sie die Hände ineinander. Mit übertriebener Entrüstung fragte sie, ob ihn tatsächlich niemand über die vielleicht wichtigste Sache unterrichtet habe. Auf Peppers Kopfschütteln befahl Morana den alten Glatzkopf herbei.

»Bring den Jungen in sein Zimmer und zeige ihm die Mappe. Du findest dein eigenes Briefpapier darin. Am Abend schreiben alle Kinder auf, was sie auf dem Herzen haben. Und natürlich musst du deinen Wunschzettel schreiben, damit du auch alles von dir Ersehnte bekommst!«

Bei der Rückkehr in sein Zimmer nahm Pepper die Mappe, die er tatsächlich auf dem kleinen Tisch am Fenster vorfand, nur kurz in die Hand. Er hatte doch seinen Wunschzettel schon geschrieben, zu Hause, und er hatte ihn in dem Kasten auf dem Dach verstaut. Wann war das gewesen? Am Morgen? Gestern? Vor einer Woche?

Pepper merkte, dass er sich kaum daran erinnern konnte. Er war verwirrt und erschöpft und ein wenig bereute er seine Entscheidung, dem Drängen von Mister Lugosi zu folgen. Angst kroch in ihm auf. Außerdem hatte seine Mutter ihm doch schon die größte Freude zu Weihnachten in Aussicht gestellt: Sie würde zu Hause mit Pepper und seinem Dad feiern.

Der Gedanke daran, dass sein Vater nun genauso vom Kummer zerfressen werden könnte wie Peppers Mutter damals beim Verschwinden von Angelina, trieb ihm Tränen in die Augen. Er wurde zu Hause mittlerweile sicher vermisst. Mrs Cloud war oft streng mit ihm und sie machte sich ständig arge Sorgen um Pepper. Sie hatte bestimmt die Telefondrähte bereits zum Glühen gebracht, um herauszufinden, wo der ihr anvertraute Junge geblieben war.

Roy Sattler und die anderen Jungs aus dem Dorf hätten ihn ein Weichei und ein Muttersöhnchen genannt, wenn sie ihn so gesehen hätten. Aber es war Pepper egal. Er drückte den Kopf ins Kissen und weinte, bis sein Körper ihn in einen tiefen Schlaf zwang. In seinen Träumen kam er jedoch nicht zur Ruhe. Unruhig warf er sich von einer Seite auf die andere. Ein paarmal wachte er auf und glaubte, das Echo seiner eigenen ängstlichen Rufe zu hören.

Plötzlich spürte er, wie jemand seine Handgelenke umklammerte.

»Is' scho guat«, knurrte dieser Jemand, der sich mit aller Kraft auf ihn drückte. »Weck's hoas net aaf!«

Der Atem des Angreifers blies Pepper direkt ins Gesicht. Ein fauliger Geruch strich um Peppers Nase. Nicht einmal die Jauche, mit der Bauer Bofinger im Sommer die Felder düngte, kam gegen diesen Gestank an. Er würgte.

Pepper wusste, dass dies kein Traum mehr war. Als er

die Augen aufriss, wünschte er sich jedoch auf der Stelle zurück, egal in welchen Albtraum! Alles war besser als das gehörnte Wesen, das sich mit seinem schlechten Atem über ihn beugte und versuchte den Tritten auszuweichen, mit denen Pepper sich tapfer wehrte.

»Herr von Kramp!«, übertönte Lucilla Peppers Hilferufe und das Knurren des zotteligen Monsters, gegen das Pepper sich standhaft wehrte. »Sie ängstigen den Jungen! Werden Sie das denn nie begreifen? Ihr Äußeres ist …«, Lucilla suchte nach dem richtigen Wort, »… gewöhnungsbedürftig!«

Als Pepper das Mädchen erkannte, entspannten sich seine Muskeln. Sie trug auch jetzt den Lichterkranz auf dem Kopf. Über ihren linken Arm hingen ein paar Kleidungsstücke. In der rechten Hand hielt sie eine Axt.

Herr von Kramp trat einen Schritt zurück, sodass Pepper ihn in seiner vollen Hässlichkeit anschauen konnte. Auch wenn er auf die Bezeichnung *Herr* hörte und das adelige *Von* im Namen trug, war die Bezeichnung Mann oder Mensch nicht treffend. Vor Pepper stand eine Art Ziegenbock mit steil aufstehenden Hörnern, der aber auf zwei Beinen lief und über Gliedmaßen wie ein Mensch verfügte. Allerdings waren Arme, Beine und der gesamte Körper von dichtem bräunlichem Fell bewachsen, das nur das Gesicht aussparte. Er hatte zwar nicht das Gesicht einer Ziege, als menschlich war die blasse Fratze jedoch auch nicht zu bezeichnen. Vor allem die spitze Zunge hing weit über von Kramps verwarztes Kinn hinaus, sobald er seine gelblichen Stummelzähne bleckte und das Maul, als etwas anderes konnte man seinen Mund nicht bezeichnen, öffnete.

»Müssa loas«, brummte er. »Hökkst Zaijet.«

Herr von Kramp wartete ungeduldig an der Tür. In der einen Hand ließ er einen Fuchsschwanz schwingen. Eine solche Säge rostete auch im Schuppen hinter dem Haus, seit der Gärtner im Herbst Peppers Vater die Anschaffung einer elektrischen Kettensäge empfohlen hatte.

Lucillas Worte der Erklärung drangen kaum zu Peppers Gehirn vor. Er hörte zwar etwas von Ehre und Verantwortung und Gefahr, aber er war so von der Gestalt des gehörnten Mannes gefangen, dass er die Worte nicht in einen Zusammenhang bringen konnte. Während sie durch die Gänge des stillen Hauses eilten, beschwor Lucilla ihn mehrmals, nur zu tun, was Herr von Kramp befahl, und auf keinen Fall aus dem Schlitten zu steigen ohne dessen Erlaubnis.

Damit war Pepper klar, dass er nach draußen musste. In die Dunkelheit, die ihm so undurchdringlich und Angst einflößend vorgekommen war.

Wieder benutzten sie den Aufzug hinunter zum Innenhof, wo Lucilla sich verabschiedete und Pepper Herrn von Kramp allein überließ. Das zottelige Wesen stand vor ihm. Durch seine weit aufgeblähten Nüstern sog er die Luft ein und verzerrte das Gesicht.

»Stinkast!«, murrte Herr von Kramp unzufrieden. »Wiarst g'fressa.«

Pepper versuchte sich einen Reim auf die ungehobelten Worte zu machen. Wenn er es richtig verstand, hatte der Kerl, dem er nun ausgeliefert war, zu verstehen gegeben, er *stinke*. Eine ziemlich dreiste Behauptung von jemandem, der selbst wahrscheinlich in seinem ganzen Leben kein Badezimmer von innen gesehen hatte.

Die Bemerkung war jedoch weitaus weniger beeindruckend als der zweite Satz. *Wiarst g'fressa* bedeutete wohl nichts anders, als dass Pepper irgendjemandes Mahlzeit werden sollte. Pepper hätte sich nicht sehr gewundert, wenn er Herrn von Kramps Imbiss zur Nacht geworden wäre, aber nach einigem Hin und Her hatte er es verstanden.

»Wöllfa riecha Floasch – Minnschefloasch«, bekräftigte Herr von Kramp. Er hielt Pepper dabei an den Schultern und schüttelte ihn. Pepper verzog das Gesicht. Die haarigen Pranken quetschten sein Schlüsselbein zusammen, bis es knackte. »Foastehste?«

»Ja, jaaa, ich verstehe es«, stöhnte Pepper und schlug vor, dass er einfach nicht zu den Wölfen gehen solle. Er hatte immer noch nicht begriffen, warum das überhaupt nötig war, was er mitten in der Nacht mit einem Hörnermann hier anstellte und warum er nicht in seinem Bett liegen konnte.

Herr von Kramp jedoch neigte nicht zu vielen Worten und Erklärungen. Ohne auf Peppers Einwände zu hören, hob er den Deckel eines Holzfasses an. Mit der freien Hand tauchte er einen dicken Pinsel in die Tiefe des bauchigen Gefäßes. Als er den Arm hinauszog, hörte Pepper ein Schmatzen, als zöge man den Fuß aus einer morastigen Pfütze. Eine Sekunde später fuhr ihm der triefende Quast durch das Gesicht, über die Brust, den Bauch. Von Kramp tunkte den Pinsel schnell noch einmal ins Fass und verteilte die übel riechende Paste auch noch auf Peppers Armen und Beinen.

Eine Mischung aus Katzenpipi, Essig, Mrs Clouds Haarfärbemittel und faulen Eiern stieg Pepper in die Nase. Der Gestank war widerlich. Er atmete nur durch den Mund, aber selbst das half nichts, sondern überzog nur die Zunge mit einem pelzigen Gefühl.

Herr von Kramp schnupperte Pepper von oben bis unten ab. Er war höchst zufrieden mit seiner Arbeit. Pepper glaubte sogar ein Lächeln in seiner Fratze zu entdecken, auf jeden Fall stieß er ein wohliges »Guat riecha!« aus. Die Gefahr, von Wölfen gefressen zu werden, schien zumindest vorerst gebannt zu sein. Jedenfalls schob Herr von Kramp seinen Begleiter ohne weitere Kommentare vor sich her zu der Zugbrücke, die an einer der Seiten den Weg nach draußen versperrte. An rostigen Ketten, die davon zeugten, dass selten jemand diesen Ausgang benutzte, wurde die Brücke hinabgelassen.

Direkt davor stand ein Schlitten, den Pepper zunächst nur von hinten sehen konnte. Der vordere Teil verschwamm in der Dunkelheit. Erst als er zögerlich durch das Tor geschritten war, schälten sich vor seinem Auge zwei Pferde aus dem schwarzen Nebel. Knarrend hob sich die Zugbrücke hinter Pepper bereits wieder, als er sich daran erinnerte, dass er die rotbraunen Tiere samt dem Gefährt, vor das sie gespannt waren, schon einmal gesehen hatte. Pepper wusste nicht wo, vielleicht war es auch nur ein Traum gewesen, denn ein Schlitten, dessen Kufen sich in goldenen Schwanenhälsen aufschwangen, sollte einem eigentlich im Gedächtnis bleiben!

»Uffsitza«, befahl Herr von Kramp.

Pepper stieg in den offenen Schlitten, der gerade für zwei Personen Platz bot. »Wohin fahren wir?«, fragte er.

»Nix froagan«, war die kurze Antwort des zotteligen Kerls, der auch weiter nicht von seiner Einsilbigkeit abzubringen war. Er schwang sich auf eines der Pferde, das unruhig zu tänzeln begann. Ein harter Stoß mit den Hacken in die Seiten unterband das Aufbegehren des Tieres.

»Sie tun ihm weh!«, protestierte Pepper. Er versuchte sich aufzustellen, plumpste jedoch auf die gepolsterte Sitzbank zurück, als der Schlitten sich mit einem Ruck in Bewegung setzte.

In Sekundenschnelle umwaberte sie die drückende Dunkelheit von allen Seiten. Pepper wünschte sich Lucilla mit ihrem Lichterkranz herbei oder besser noch ein Erwachen aus diesem sonderbaren Traum. Der Gestank, der aus seinen Klamotten hochstieg, die eisige Luft, das Klappern der eigenen Zähne, das alles war so echt und wahr, dass es sich nicht um einen Traum handeln konnte.

Von Kramp trieb die Pferde mit lauten Rufen an, er wagte jedoch nicht noch einmal einen Tritt oder gar einen Schlag mit der Peitsche, die er sich beim Aufsitzen in den Gürtel gesteckt hatte. Peppers Protest schien ihn beeindruckt zu haben.

In hektischer Fahrt legte das Gespann schnell eine Strecke zurück, die Pepper kaum einschätzen konnte. Wenn er nicht das Knirschen der Kufen im Schnee gehört hätte, hätte es auch sein können, dass der Schlitten davonflog. Ein Blick nach hinten zeigte ihm, dass sie sich schnell vom Gebäude entfernten. Auch der beißende Wind, der Pepper ins Gesicht schlug, zeugte vom hohen Tempo, mit dem sie sich fortbewegten. Nur kurze Zeit gaben die Lichter des Hauses noch eine Orientierung.

Hoffentlich kann der Kerl die Strecke notfalls auch blind fahren, dachte Pepper. Mit einer Hand klammerte er sich an einem Gestänge fest, mit der anderen versuchte er, den Kragen seines Mantels möglichst weit über die Wangenknochen hinaufzuziehen.

»Wo fahren wir hin?«, brüllte Pepper.

Entweder wurden die Laute vom Gegenwind fortgerissen oder Herr von Kramp wollte einfach nicht antworten. Plötzlich jedoch riss der Mann die Zügel zurück.

»Brrrrr …«, rief er dazu. Der Schlitten stoppte so abrupt, dass Pepper von der Sitzbank rutschte.

»Sin' doa«, knurrte von Kramp, sprang ab, schnappte sich die Säge, die er hinten am Schlitten verstaut hatte, und stapfte los.

Die Säge in der Hand des gehörnten Mannes sandte ein gedämpftes Wehklagen in die Stille, die sich von einem Augenblick auf den anderen wie eine watteweiche Decke um Pepper herum ausbreitete. Das zarte Jaulen des schwingenden Metalls wurde mit jedem Schritt, den Herr von Kramp sich entfernte, leiser. Pepper rang mit sich, ob er einfach im Schlitten sitzen bleiben oder dem Mann nachlaufen sollte. Lange musste er nicht nachdenken, denn Herrn von Kramps Stimme bohrte sich unversehens laut und krächzend in Peppers Ohr.

»Mitkumma, nix sitza. Boam sucha!« Seine Ungeduld war nicht zu überhören.

Pepper folgte ihm, was gar nicht so leicht war. Seine Beine versanken immer wieder im Schnee, manchmal mehr als knietief, sodass Pepper sie kaum noch aus den verwehten Massen herausziehen konnte. Herr von Kramp verlangsamte deshalb das Tempo keineswegs. Als Pepper sich beschwerte, warf der Mann die Säge in den Schnee. Er beugte sich nach vorne und befahl dem Jungen: »Hopp. Uffstaiga!«

Nach einem kurzen Zögern gehorchte Pepper. Er kletterte auf den Rücken des Gehörnten und schlang die Beine nach vorne, sodass sie auf der mit Fell bewachsenen Brust von Kramps baumelten.

Schwankend setzte sich das Doppel in Bewegung. Nicht sehr viel weiter, vielleicht aber auch an einem anderen Ende dieser dunklen Welt, säumten mit einem Mal finstere Gestalten ihren Weg. Zuerst standen sie vereinzelt da, mit leicht wippenden Häuptern, die sie dem sonderbaren Paar zuneigten. Waren es anfangs noch einzelne Kerle, wurde ihre Zahl größer und größer und bald standen sie so dicht, dass sie sich an den Armen fassen konnten.

Herr von Kramp schien sich nicht daran zu stören. Er ging einfach weiter und erst als Pepper ihn an dem struppigen Haarschopf zog, stoppte er mit einem unwirschen Knurren. Pepper zeigte auf die Gestalten, aber Herr von Kramp schüttelte den Kopf. Fast warf er Pepper dabei von seinen Schultern hinab.

Erst jetzt erkannte Pepper, dass ihm die Angst und der schwarze Nebel einen Streich gespielt hatten. Die Gestalten waren nichts anderes als Tannen, die sich mehr und mehr zu einem dichten Wald zusammenscharten. Vor einem ausladenden Exemplar blieb Herr von Kramp stehen.

»Oabstaiga!«, befahl er, worauf Pepper schnell von den Schultern des Mannes in den Schnee sprang. Herr von Kramp hielt ihm die Säge hin.

Langsam dämmerte Pepper, warum er mitten in der Nacht hinaus in die eisige Dunkelheit gebracht worden war. Roy Sattler gab jedes Jahr damit an, wie er und sein Vater ein Prachtexemplar der Tannen aus Bauer Bofingers Wald entwendet hatten. Mrs Cloud hatte das stets abgelehnt, sie drohte sogar mit der Kündigung ihrer Stelle als Haushälterin. Das Fest der Liebe und des Friedens unter Diebesgut zu begehen, kam absolut nicht infrage.

Noch immer stand Herr von Kramp mit der Säge vor ihm. Wahrscheinlich soll ich sie festhalten, dachte Pepper, vielleicht will er den richtigen Baum aussuchen. Herr von Kramp wusste aber längst, welchen Baum er haben wollte.

»Säga!« Er deutete auf eine Tanne direkt vor Pepper.

Der Baum war ungefähr vier- oder fünfmal so hoch wie Pepper, vielleicht sogar noch größer. Seine Zweige standen gleichmäßig und dicht in alle Richtungen. Dicke Nadeln reckten ihre wehrhaften Spitzen hervor. Es war kaum ein Durchdringen zum Stamm, aber Pepper spürte, dass es ohne Zweifel seine Aufgabe war, die Tanne zu fällen. Herr von Kramp rührte keinen Finger, um ihm behilflich zu sein. Stattdessen umkreiste er den Baum und Pepper, sog immer wieder Luft durch die weit aufgeblähten Nasenflügel ein, wobei er den Kopf in die Höhe reckte.

Pepper vermochte nur mit Mühe, die Säge anzusetzen. Als er es endlich geschafft hatte, trieb er das gezackte Blatt des Werkzeugs in den Stamm. Es war gar nicht so einfach, auch nur die Rinde zu durchdringen. Immer wieder rutschte Pepper ab, setzte erneut an, rutschte ab. Die Tannennadeln kratzten durch sein Gesicht. Trotz der winterlichen Kälte rann ihm der Schweiß schon nach wenigen Minuten den Rücken hinunter.

Nach einer Weile hatte Pepper verstanden, worauf es ankam: Er durfte der Säge nicht allzu sehr seinen Willen aufzwingen, sie musste sein Helfer, sein Partner sein, dem er den Schwung und die Richtung gab. Ein Quäntchen zu viel Druck, eine Idee zu schnell und das Metall wurde störrisch wie ein Esel, verbog sich und blieb im Holz der Tanne stecken.

Peppers Arme wurden schwer, bevor er auch nur die Hälfte des Stammes durchgesägt hatte. Seine Muskeln schmerzten. Bei jeder Bewegung schienen sie zerreißen zu wollen, ganz zu schweigen von der Haut in seinen Handflächen. Dicke Blasen wuchsen auf ihr, eine war schon aufgeplatzt und brannte wie Feuer.

»Ich kann nicht mehr«, beschwerte Pepper sich. Der hässliche Kerl sollte ihm gefälligst helfen. Unter dem Fell zeichneten sich wulstige Muskeln ab, mit denen von Kramp den Baum in einem Bruchteil der Zeit umlegen konnte! Er ließ sich in den Schnee fallen.

Herr von Kramp beachtete Peppers Ächzen und Stöhnen nicht, erstarrte jedoch plötzlich und gebot Pepper mit einem strengen »Scht!« zu schweigen. Er lauschte.

»Wöllfa!«, flüsterte er und im selben Augenblick hörte Pepper sie auch. Ihr Jaulen war fast nur zu erahnen, aber es kam näher und wurde deutlicher.

Herr von Kramp zögerte nicht lange. Er neigte den Kopf nach vorne und stürmte los, direkt auf Pepper zu, der sich gerade noch zur Seite rollen konnte. Er rappelte sich auf und sah, wie Herr von Kramp mit den Hörnern voraus und mit voller Wucht gegen den angesägten Stamm rammte. Er stemmte seine struppigen Beine in den Boden, gab Töne von sich wie ein Gewichtheber, der einen neuen Weltrekord aufstellen will, und schaffte es in weniger als einer Minute, das Holz der Tanne zum Splittern zu bringen. Der Baum knarrte und kippte unter der Gewalt des Stoßes in den Schnee.

Von Kramp schnappte sich die Tanne mit der einen Hand, die andere griff nach Pepper. Mit dieser Last bepackt, kämpfte er sich durch den tiefen Schnee. Pepper spürte, wie auch der Gehörnte jetzt aus allen Poren schwitzte.

»Wöllfa riecha Minnschefloasch, koannst nix moacha«, wiederholte von Kramp ständig.

Jetzt ging Pepper langsam auf, was er gemeint hatte. Darum hatte Kramp versucht, den Geruch des Jungen mit der widerlichen Pampe aus dem Fass zu übertünchen! Ihm wurde übel, aus Erschöpfung, vor Angst und weil er wie ein Sack unter Kramps Arm hing und durchgeschüttelt wurde.

Als sie den Schlitten erreichten, tönte das Jaulen aus einer Vielzahl von Kehlen so laut, dass die Wölfe höchstens noch ein paar Hundert Meter entfernt sein konnten. Pepper glaubte, einzelne der Bestien am Klang ihrer gierigen Rufe unterscheiden zu können. Fast schien es, als riefen sie sich Anweisungen zu, wie die Beute am besten zu erjagen und zu erlegen sei.

Von Kramp warf die riesige Tanne in den Schlitten und begann, sie mit einem Seil festzuzurren. Pepper fragte sich, ob in dieser Gefahr der Baum so wichtig sei.

»Wir müssen los«, schrie er, obwohl er sich gleichzeitig wunderte, dass die Wölfe nicht längst den Schlitten erreicht und sich über die Pferde, ihn selbst und von Kramp hergemacht hatten.

»Oana Baom Herrin böas'«, schnaufte Kramp, sprang

aber in diesem Moment auf eines der Pferde. Das Tier erschreckte sich und stieg mit den Vorderhufen auf. Sein angstvolles Wiehern übertönte alle anderen Geräusche für einen kurzen Augenblick. Danach erklang das Jaulen der Wölfe noch entschlossener. Sie konnten das Festmahl kaum erwarten.

Pepper vermochte sich gerade noch in den Schlitten zu werfen, der fast vollständig von der Tanne ausgefüllt wurde. Die Nadeln stachen ihm ins Gesicht, aber die Äste gaben ihm Halt, an ihnen konnte er sich festklammern. Wieder rauschten sie mit einer unglaublichen Geschwindigkeit durch die tiefschwarze Nacht.

»Si kimma«, warnte der Gehörnte.

Tatsächlich schien einer der Jäger an die Seite der Kufen vorgeprescht zu sein. Pepper konnte ihn wegen der vielen Zweige nicht sehen, er konnte kaum die Augen öffnen, ohne Gefahr zu laufen, dass die Äste sich hineinbohrten. Aber er spürte die Nähe der Bestien. Von Kramp beugte sich nach hinten und rief nach Pepper. Er hielt etwas in der Hand. Pepper griff danach. Er spürte den mit Leder umwundenen Knauf der Peitsche.

»Schlaog, schloag! Soanst …«

Pepper wollte nicht wissen, was sonst geschah. Mit einer Hand krallte er sich am Schlitten fest, mit der anderen schwang er die Peitschenschnur über dem Kopf. Sie schnalzte nur zaghaft, aber nach ein paar Schlägen hatte Pepper den Trick heraus. Knallend fuhr der lange Riemen durch die Luft, schlug links und rechts neben dem Schlitten auf. Blindlings schleuderte Pepper die Schläge in den undurchdringlichen Nebel.

Als der Schlitten plötzlich seine Fahrt verlangsamte, erblickte Pepper das rettende Haus mit der Zugbrücke, an der Lucilla wartete. Ihr Lichterkranz strahlte weit hinaus.

Ein misslungener Angriff

Pepper blieb nicht viel Zeit, um zu verschnaufen oder sich Gedanken darüber zu machen, wie knapp er den Wölfen entkommen war. Sobald er das Haus betrat, umringten ihn die Kinder. Fragen prasselten auf ihn ein, einige rümpften die Nase, weil ihm der Gestank noch in den Kleidern hing. Als er an einem Spiegel vorbeikam, erschreckte Pepper sich vor seinem eigenen Abbild. Schmutzig, mit zerzausten Haaren, in denen Sägespäne und Tannennadeln hingen, sah er sich dort stehen. Die Wangen waren rot gefleckt, seine Fingernägel schwarz.

Das hinderte die anderen nicht daran, ihn wie einen Helden auf die Schultern zu nehmen und in die große Halle zu tragen, wo bereits die Tanne stand, die er gefällt und mit Herrn von Kramp sicher hergebracht hatte. Ein paar Kinder hatten bereits die ersten Zweige mit roten und goldenen Kugeln geschmückt. Jemand befestigte Kerzen, ein Mädchen hängte sorgsam lange Streifen Lametta hinein, das flirrend die Lichter im Raum reflektierte. Wer wollte, konnte sich zwischendurch mit süßem Punsch stärken, der nach Zimt und Johannisbeeren schmeckte, und natürlich wollten alle.

Als Morana die Halle betrat, verstummten die Kinder sofort. Sie war bester Laune. Ohne Umschweife lobte sie Pepper für seinen großen Mut, ohne den es dieses Jahr in der Halle sicher keinen Baum gegeben hätte.

»Und es ist ein besonders prächtiger, gut gewachsener«, rief sie aus und klatschte hocherfreut in die Hände.

Sofort brandete eine Welle der Begeisterung unter den Kindern auf. Sie applaudierten und sparten nicht mit lobenden Ausrufen.

»Ja, ihr könnt euch alle bei Pepper bedanken. Ohne ihn hätten wir jetzt nicht einen solch prachtvollen Weihnachtsbaum«, sagte Morana. »Und ihr wisst, dass auch schon einmal Jungs nicht zurückgekommen sind!«

Jedes Wort dieses Satzes setzte Morana schwer und mit tiefer Stimme hinter das vorige. Jedes Wort legte sich drückend wie ein Mühlstein auf die Gemüter der Anwesenden.

Ein entsetztes Raunen ging durch den Raum.

Pepper beobachtete Morana. Er sah, wie sie ihren Blick über die Menge schweifen ließ, bis ein befriedigtes Lächeln über ihr Gesicht huschte und sie mit bitterer Miene sagte: »Herr von Kramp konnte nichts mehr für sie tun. Er musste dabei zuschauen, wie die Wölfe sie zerrissen.«

Stille breitete sich aus. Alle schienen den Atem anzuhalten.

»Aber nun erzähle uns von deinem Abenteuer«, ermutigte Morana Pepper, worauf sich die Kinder um ihn scharten und gespannt warteten.

Es war gar kein schlechtes Gefühl, stellte Pepper fest, erhöht in der Mitte auf einer der unteren Treppenstufen zu stehen und von allen bewundernd angestarrt zu werden. Er begann von der Schlittenfahrt durch die Dunkelheit zu erzählen und erwischte sich dabei, wie er an dieser und jener Stelle die Geschehnisse ausschmückte. Am meisten interessierten sich die gebannt lauschenden Kinder für die Wölfe.

»Du hast sie alle abgewehrt?« – »Hattest du denn gar keine Angst?« – »Wie groß sind ihre Zähne?« – »Mehr als fünfzig Stück?«

Die Fragen prasselten nur so auf Pepper ein. In den Worten schwang gleichermaßen Sensationslust wie auch ein angstvolles Schaudern mit.

»Vielleicht sogar hundert!«, hörte er sich antworten und: »Ein Reißzahn so lang wie mein Zeigefinger!« oder »Nur mit der Peitsche, zack, zack, zack, immer links und rechts, sodass sie jaulend abgehauen sind!«, steigerte er sich in seine Erzählung. Er schwang die Arme, als hielte er die Peitsche noch in der Hand und schlüge zu. Ein Junge in der ersten Reihe zuckte bei jeder Bewegung.

»Jetzt ist es aber genug, du kleiner Held«, unterbrach Morana ihn nach einiger Zeit. »Du machst uns allen furchtbare Angst. Aber ihr müsst keine Angst haben«, wandte sie sich an die Kinder. »Hier im Haus sind wir alle sicher, wir haben nun einen wunderschönen Baum und so schnell muss niemand mehr hinaus!«

Aus vielen Kehlen strömte geräuschvoll der Atem, den

alle erleichtert ausstießen. Dann sprang die ganze Gesellschaft auf, denn jemand hatte die Türen zum Speisesaal geöffnet. Die Glocke zum Abendbrot bimmelte.

Pepper war verwirrt. Herr von Kramp hatte ihn mitten in der Nacht aus dem Bett geholt und nun gab es schon wieder Abendessen. Sie waren viel länger draußen gewesen, als es Pepper vorgekommen war.

Pepper wurde von einem Glatzkopf hinauf in den ersten Stock geführt, damit er sich waschen konnte. Der Glatzkopf nahm die verdreckten Klamotten des Jungen, legte ihm im Waschraum einen molligen Bademantel und ein flauschiges Handtuch hin, das gereicht hätte, um ein Flusspferd damit abzutrocknen, so groß war es. Der Mann deutete auf eine Wanne, die auf geschwungenen Füßen in Form von Löwenpranken stand.

Der Dunst des heißen Wassers stieg aus der dichten Schaumdecke, die die Oberfläche bedeckte. Hier und da löste sich ein Fetzen der weißen Blubberblasen und tanzte auf dem Dampf. Nachdem der Glatzkopf gegangen war, hatte Pepper den Waschraum ganz für sich. Trotzdem schaute er sich noch einmal um, bevor er auch die Unterhose abstreifte, um in die Wanne zu steigen.

»Autsch«, flutschte es ihm heraus, als sein großer Zeh durch den Badeschaum ins Wasser tauchte. Es war heiß, sehr heiß. Oder seine Füße waren auf den blanken Fliesen, die wie ein Schachbrettmuster schwarz und weiß den

Boden bedeckten, zu Eisklumpen geworden. Beim zweiten Versuch stützte er sich mit den Armen auf die Wannenränder, durchbrach die Oberfläche mit beiden Füßen einmal schnell, zog sie zurück und senkte sie dann ganz langsam ins heiße Nass hinab. Es brizzelte immer noch, aber langsam gewöhnte sich seine Haut an die entspannende Hitze. Er lehnte sich zurück, bis nur noch sein Kopf zwischen den Schaumkronen herausragte. Mit geschlossenen Augen gab er sich der wohligen Wärme hin. Nur das Tropfen des Wasserhahns durchbrach in einem gleichmäßigen, stetigen Takt die Stille.

Nach wenigen Sekunden schon rutschte Peppers Kinn zum ersten Mal unter die Wasseroberfläche. Die Müdigkeit hatte ihn überwältigt. Prustend spuckte er das seifige Wasser wieder aus. Erst jetzt drang der Duft des Badezusatzes in seine Gehirnzellen vor: Lavendel; der beruhigende, etwas muffige Duft der blauvioletten Blüten, die seine Mutter so liebte.

Mit dem Duft erreichte ihn auch die Erinnerung an zu Hause, an den letzten Besuch im Sanatorium am kleinen Mondsee, an das Versprechen seiner Mutter, vor Weihnachten wieder bei ihnen zu sein. Plötzlich fröstelte es Pepper, obwohl das Wasser noch immer vor Hitze dampfte. Als er den Arm hob, zeichneten sich die aufgestellten Härchen darauf gegen das schwache Licht im Waschraum ab. Die Gänsehaut zog sich über den ganzen Körper. Pepper spürte, dass etwas nicht stimmte, etwas stimmte so ganz und gar nicht.

Du bist gar kein Held, dachte er plötzlich. Was Morana gesagt hatte, stimmte nicht. Was er den Kindern erzählt hatte, stimmte nicht. Nicht nur, dass er alles maßlos übertrieben hatte.

Die Stimme seiner Mutter klang plötzlich in seinem Kopf. »Mein kleiner Held«, hatte sie gesagt, als Pepper ihr von Mopsi und der Rettungsaktion und von Anatol Lemurs Artikel darüber im Stadtanzeiger berichtet hatte. Es war nur eine Katze, aber sie war echt gewesen, und er, Jeremias W. Pepperfield, hatte sie gerettet.

Die Wölfe hatte er nicht einmal richtig gesehen, er hatte sie überhaupt nicht gesehen. Pepper versuchte sich an die eigenartige Schlittenfahrt zu erinnern. Nein, er hatte nicht eine der Bestien, nicht einmal ihre Nasenspitze gesehen, und er fragte sich, ob er sich das alles nicht nur eingebildet hatte.

Pepper stieg aus der Wanne. Er trocknete sich eilig ab, ließ aber den Bademantel, den der Glatzkopf ihm hingelegt hatte, links liegen. Er nahm sich vor, die Annehmlichkeiten dieses Hauses mit größerer Vorsicht zu betrachten.

In seinem Zimmer fand Pepper ein Tablett mit einem deftigen Abendbrot vor. Am liebsten hätte er es beiseitegeschoben, aber er war hungrig wie ein Wolf. Wie ein echter Wolf! Denn in einem war Pepper sich ziemlich sicher: Mit den Wölfen, die angeblich um dieses Haus strichen, hatte es etwas auf sich, etwas stimmte überhaupt nicht.

Er musste etwas von dem Bratenaufschnitt mit Senf, den butterbestrichenen Semmeln, den saftigen Fleischbällchen essen und am besten auch von den Gurken und den Salatblättern, die er sonst nicht beachtet hätte. Schwach und mit Hunger würde er seine Schwester nicht suchen können. Nur deshalb bist du hier, ermahnte Pepper sich selbst.

Während er dasaß und kaute, betrachtete er die Mappe, von der Morana gesprochen hatte. Er öffnete sie und überlegte, ob er nicht doch einen Wunschzettel schreiben sollte. Als er das Papier betrachtete, schob er die Mappe erschreckt von sich. Die Briefbögen darin hatten dieselbe Farbe wie die aus dem Schreibtisch seiner Mutter.

Nach einer Weile nahm er ein Blatt. Mit einem Bleistift, der in einer ledernen Schlaufe in der Mappe steckte, schrieb er bedächtig einen Satz darauf, faltete den Zettel so oft, dass er kleiner als die Fläche seiner Hand war. Er steckte ihn aber nicht in einen der Umschläge, die für die Briefchen mit den geheimen Wünschen vorgesehen waren und in die Kästen auf den Fluren deponiert werden sollten, sondern vergrub ihn tief in der Hosentasche.

Am nächsten Morgen erwachte Pepper mit einem Pochen im Kopf, als schlage jemand die Trommeln eines Orchesters darin. Seine Handflächen juckten. Ein trockener Schorf hatte sich gebildet und er wunderte sich, was mit ihnen passiert war. Erst nach ein paar Sekunden wurde Pepper klar, dass er nicht zu Hause war. Zwar zog ein verführerischer Duft nach Eiern und Speck durchs Haus, aber es war nicht Mrs Cloud, die mit dem Frühstück auf ihn wartete. Nach und nach dämmerte ihm, was am Tag zuvor und besonders in der Nacht geschehen war.

Auf dem Weg hinunter in den Speisesaal sausten wieder Kinder an ihm vorbei, in der Halle böllerten Knallbonbons und überhaupt schienen sich die Ereignisse zu wiederholen. Chorproben und Weihnachtsbäckereien, der Bau einer Krippe und sogar der Baum, den er geholt hatte, wurde wieder geschmückt. Dabei war er doch selbst dabei gewesen, als die Kinder ihn am Tag zuvor über und über mit Kugeln und Lametta behangen hatten!

Am Abend beobachtete Pepper, wie die anderen vor dem Schlafengehen aus ihren Zimmern strömten und ihre Zettel und Briefumschläge in die dafür vorgesehenen Boxen steckten. Einige tuschelten aufgeregt miteinander, ein Junge ermahnte ein Mädchen, dass man sich die Wünsche nicht verraten dürfe, sonst würden sie nicht erfüllt.

Peppers Hand umschloss das Stück Papier in seiner Tasche. Er zog es hervor und las den Satz, den er am Vorabend geschrieben hatte. Sofort wogte ein Gefühl der Sehnsucht durch sein Herz.

»Du musst ihn da reinstecken«, sagte jemand.

Es war der King.

»Oder steht etwas darauf, das niemand wissen darf?«

»Das geht dich gar nichts an«, gab Pepper zurück. Er knüllte den Zettel schnell zusammen und verstaute ihn wieder in der Tasche.

Dem Jungen, den alle den King nannten, würde er auf

keinen Fall verraten, was er aufgeschrieben hatte. Etwas störte Pepper an ihm, aber er konnte nicht genau sagen, was es war. Immer wenn der King in der Nähe war, fühlte Pepper sich irgendwie beobachtet, als prüfe dieser jeden Schritt und jedes Wort. Sein Ton war immer ein bisschen patzig, herausfordernd und gelegentlich auch herablassend. Manchmal erinnerte er Pepper allzu sehr an Typen wie Roy Sattler, die immer das Sagen haben mussten und nicht erlaubten, wenn jemand ihre Herrschaft über den Schulhof infrage stellte.

»Da hast du ja ganz schön was erlebt … mit Herrn von Kramp … und den Wölfen …«

Da war er wieder, dieser Tonfall. Die Pausen, die sich zwischen den Worten des Kings breitmachten, waren wie Aufforderungen. Komm schon!, schienen sie zu bedeuten und: Was war wirklich los?

Andererseits war der King einer der wenigen hier, die halbwegs normal auf Pepper wirkten. Ein paarmal hatte er schon mit dem Gedanken gespielt, ihn einfach zu fragen, was in diesem Haus eigentlich los war.

»Hast ganz schön Glück gehabt, dass sie dich nicht auch erwischt haben.«

»Jepp«, erwiderte Pepper.

Er spürte, wie die Geschichte wieder in ihm aufstieg. Bevor er sich wie am Abend zuvor dazu hinreißen ließ, alles bis in die schaurigsten Details erneut auszuposaunen, kniff er lieber die Lippen zu einem schmalen Strich zusammen.

»Kanntest du die Jungen, die nicht zurückgekommen sind?«, fragte er stattdessen.

Der Blick des Kings ruhte einige Sekunden lang auf Pepper. Dann nickte er: »Wir sind Freunde.«

»Sind? Ich denke, sie wurden von den Wölfen …«

»Okay: Wir waren Freunde.«

Jetzt schlug die Stimme in etwas um, das Pepper bisher noch nicht in ihr gehört hatte. Traurigkeit, Angst, gemischt mit einer offenen Feindseligkeit. Der King drehte auf dem Absatz um. Er rannte den langen Flur hinunter.

»Wenn ihr Freunde wart, hättest du ihnen geholfen!«, rief Pepper ihm nach.

Die Worte verfehlten ihre Wirkung nicht. Der King blieb am Ende des Gangs stehen.

»Was willst du damit sagen?«

Pepper wusste nicht genau, woher dieser Satz gekommen war, warum er ihn dem King nachgeworfen hatte.

»Wie sollte ich ihnen helfen?« Der King lehnte sich dort, wo er stand, mit einer Schulter an die Wand. Die Arme hielt er verschränkt vor der Brust. »Sie sind von den Wölfen zerfleischt worden.«

Ein Spiel war im Gang, das spürte Pepper ganz deutlich. Wie in einer Pokerrunde versuchte einer dem anderen etwas vorzumachen, zu bluffen, auszureizen, wie weit jeder gehen konnte. Pepper war sich mittlerweile sicher, dass der King mehr wusste, als er zugab. Oder er wollte Dinge erfahren, die er aber nicht auszusprechen wagte.

»Bist du dir da sicher?«, fragte Pepper. »Wir machen

ein Geschäft: Ich verrate dir, was in der Nacht da draußen passiert ist.«

»Zu einem Geschäft gehören immer zwei«, erwiderte der King. »Angebot und Nachfrage, Leistung und Gegenleistung. Was willst du dafür?«

»Ich will wissen, wo meine Schwester Angelina ist. Du kannst es dir ja überlegen.«

Pepper flitzte zur Tür seines Zimmers und verschwand dahinter. Er hörte den King gegen das Holz hämmern, aber er folgte dessen Befehl, ihn hineinzulassen, nicht. Zur Sicherheit schob Pepper die Kommode vor die Tür.

Wenn er sich nicht vom King unterbuttern lassen wollte, musste Pepper ihn ein bisschen schmoren lassen. Die heftige Reaktion des Jungen war auf jeden Fall ein Beweis dafür, dass er über dieses Haus mehr wusste. Vielleicht konnte Pepper die Maske lüpfen, hinter der sich der andere versteckte.

»Ich komme wieder, da kannst du Gift drauf nehmen!«, zischte der King draußen auf dem Gang, bevor er endlich aufgab und sich die Nachtruhe auch vor Peppers Tür ausbreitete.

Die Bulldogge hatte den Besuch längst gerochen. Der Besuch roch nach Ärger. Als Homer sich sicher war, gab er ein warnendes Knurren von sich.

Lugosi schreckte aus dem Halbschlaf, der ihm wenigstens ein kleines bisschen Erholung geschenkt hatte.

Jetzt hörte er es. Dem Kratzen an der verrammelten Eingangstür folgte ein unterdrückter Fluch, dessen genauen Inhalt Mister Lugosi nicht verstand.

Der unerwünschte Besucher rüttelte von außen an den schweren Rollgittern, die den Laden schützten. Selbst ein Meister im Gewichtheben würde die eisernen Vorhänge nicht hochziehen können. Harry hatte es Lugosi mit einem Gerät, das von einem knatternden Dieselmotor betrieben wurde, vorgemacht. Soundso viele Tonnen, Lugosi war die genaue Zahl entfallen, konnte man damit heben, hatte der Schlosser versichert, kein Mensch bekomme hin, was diese Maschine nicht schaffte. Solange Lugosi die Schnappverschlüsse nicht löste, brauchte man mindestens einen Panzer oder einen Arm voller Dynamit-Stangen, um in das Geschäft einzudringen.

Ein Mensch nicht, befürchtete Lugosi jetzt, aber dieser Kutscher schon! Schließlich durfte man einigen Zweifel haben, dass es sich um einen Menschen handelte.

Ein kalter Schauer fuhr Lugosi über den Rücken. Gleichzeitig ärgerte er sich. Zu gerne hätte er die Gestalt, die sich nun offensichtlich von der vorderen Seite des Hauses zum Hintereingang bewegte, einmal in Augenschein genommen. Er rüttelte lediglich kurz am Seitenfenster, ohne dass die auf dem Schnee knirschenden Schritte sich verlangsamten.

Bisher war es nur wenigen Menschen gelungen, ihn zu Gesicht zu bekommen. Hier und da tauchten Beschreibungen in den Schriftstücken auf, die Lugosi über den

Adventskalender zusammengetragen hatte, aber sie waren ungenau und wenig aufschlussreich. Ein schwarzer, struppiger Geselle, hatte ein Zeuge irgendwo in einem Dorf zu Protokoll gegeben, mit verfilztem Haupthaar und einem Bart, der bis zum Gürtel reichte, habe den Kalender auf einen alten Transportschlitten geladen. Der Zeuge habe sich gewundert, weil für einen Schlitten in diesem Jahr viel zu wenig Schnee gelegen habe.

Ein heftiges Rütteln an der kleinen Pforte, die zum Hof führte, riss Lugosi fast aus dem Ohrensessel. Homer bemühte sich um das eindrucksvollste Bellen und Knurren, das er zustande brachte. Die Antwort von draußen überzeugte den Hund jedoch davon, lieber auf seinem Plätzchen neben dem Ofen zu bleiben. Ein Grizzlybär, der sich einen Splitter in die Tatze gerissen hatte, konnte nicht beängstigender brüllen als dieses Wesen.

Lugosi schlich zur Hintertür. Mit der Spitze des Zeigefingers schob er die kreisrunde Scheibe zur Seite, die ein Guckloch abdeckte, das Harry in den Stahl des Türblatts gebohrt hatte. Er glaubte Schwefel zu riechen, aber vielleicht bildete er es sich auch nur ein.

Die runde Öffnung hatte gerade den Durchmesser eines Geldstücks – oder eines Gewehrlaufs. Lugosi setzte die Mündung seiner 1883er Winchester auf das Loch.

»Wer sind Sie und was wollen Sie?«, rief er.

Er hoffte, dass seine Stimme sehr entschlossen klang – entschlossen, den Abzug des Gewehrs im nächsten Augenblick zu drücken.

Pepper hatte sich nicht ins Bett gelegt, sondern in den kleinen Sessel gesetzt, der neben dem Kamin stand. Er hatte befürchtet einzuschlafen und erst am nächsten Morgen aufzuwachen, wenn wieder alle auf den Beinen waren. Damit ihm im Sessel nicht das Gleiche passierte, hatte er eine der Lokomotiven der Modelleisenbahn genommen und sie in der Hand, die über die Sessellehne hing, gehalten. Immer wenn er fest einzuschlafen drohte, löste sich sein Griff und die Lokomotive fiel scheppernd auf den Fußboden.

Dad hatte ihm einmal erzählt, dass ein Papst vor Hunderten von Jahren diese Idee gehabt hatte. Seine Befürchtung, im Schlaf ermordet zu werden, war so groß gewesen, dass er immer nur mit einem solchen »Wecker« in der Hand in seinem Sessel gedöst hatte. Allerdings hatte er statt einer elektrischen Mini-Lok ein Schlüsselbund benutzt.

Als das Haus in tiefer Stille schlummerte, hatte Pepper mit der Suche nach einer Treppe, die zu dem Innenhof führte, begonnen – erfolglos. Er fand keine Verbindung zwischen dem Teil des Hauses, in dem die Kinder wohnten, und dem, in dem Moranas Gemächer lagen. Auch im Erdgeschoss mit dem Speisesaal, der Bibliothek und all den anderen Gemeinschaftsräumen entdeckte er keinen Zugang, der nach unten führte. Es war, als existierte gar keine Welt unter der der Kinder.

Auch der Aufzug, mit dem Pepper hinuntergebracht worden war, schien sich in Luft aufgelöst zu haben. Oder er war so gut getarnt, dass man ihn einfach nicht wiederfinden konnte. Er erinnerte sich, dass der alte Glatzkopf einen Teil der Wandvertäfelung zur Seite geschoben hatte, aber er hatte die Stelle nicht wiedergefunden. Hätte ich nur besser aufgepasst, als wir nach unten gingen, schimpfte Pepper mit sich selbst, aber zu diesem Zeitpunkt hatte er noch nicht wissen können, dass er mitten in der Nacht diesen Ausflug auf eigene Faust machen würde.

Morana hatte wohl etwas gegen unangekündigten Besuch in ihrem Heiligtum, so viel war sicher.

Peppers Füße schmerzten, weil er immer wieder hin und her durch die verwirrend vielen Gänge gelaufen war. Mehrmals hatte er den Eindruck gehabt, das Haus verändere sich mit jedem Mal, das er um eine Ecke bog. Er hatte keine Ahnung, wie lange er schon suchte. In der Halle sank er endlich in einen der Sessel. Der Weihnachtsbaum, für den er so gefeiert worden war, verströmte den würzigen Duft von Tannennadeln und Harz.

Nur nicht einschlafen, dachte er. Wenn Lucilla oder einer der Glatzköpfe ihn hier fanden, war das sicher nicht gut. Kurz die Augen schließen, ein paar Sekunden nur, schmeichelte ihm die Müdigkeit, komm schon, Pepper, danach suchst du weiter!

Peppers Augenlider flatterten, schwer wie bleierne Gardinen zogen sie sich vor die Pupillen. Gerade als sie das schwache Licht, in dem seine Umgebung mehr und mehr versank, völlig vertreiben wollten, polterte es in seinem hungrigen Bauch so laut, dass Pepper erschreckt auffuhr.

Oder war es überhaupt nicht sein Bauch gewesen? Hatte etwas anderes in der verlassen daliegenden Halle gerumpelt?

Am anderen Ende des Raums blitzte ein Lichtstrahl auf.

Pepper war sofort hellwach. Er schlich an den Wänden zu seiner Rechten entlang. Die Tür zum Speisesaal war nur angelehnt. Der Schein einer Lampe oder Kerze flackerte durch den Spalt, den die Tür offen stand. Als Pepper ihr einen sanften Stoß gab und sie sich öffnete, drang ein schleifendes Geräusch herüber. Ganz sicher war jemand im Speisesaal; jemand, der sich nicht traute, die großen Leuchter unter der Decke anzuschalten.

Pepper ging auf die Knie. Auf allen vieren krabbelte er lautlos hinein. Er verharrte einen Moment. Das Geräusch wuchs sich zu einem Quietschen aus. Es kam aus der Ecke an der gegenüberliegenden Seite und plötzlich wusste Pepper, was diesen Ton verursachte: der Speiseaufzug!

Pepper vergewisserte sich, dass er allein im Raum war, und huschte zu der ungefähr einen Meter breiten und hohen Öffnung in der Wand. Der Aufzug stand still. Pepper reckte den Kopf in den Schacht. Ein Dufthauch von gebratenem Hähnchen, das es am Abend gegeben hatte, lag noch in der Luft.

Warum hatte er daran nicht früher gedacht! Wenn er sich kugelrund machte und den Kopf einzog, konnte er damit ohne Mühe hinabfahren. Pepper drückte den Knopf, der sich direkt neben dem Aufzug befand. Die Kabine setzte sich unten im Schacht in Bewegung. Sie brauchte eine Ewigkeit, bis sie oben angekommen war, jedenfalls kam es Pepper so vor.

Er stieg hinein, langte nach draußen und drückte den zweiten Knopf, der das Gefährt prompt nach unten in Gang setzte. Jetzt musste er nur hoffen, dass in der Küche niemand mehr Töpfe schrubbte oder das Besteck polierte.

Er hatte Glück. Auch in der Küche, wo Pepper sich wieder aus der engen Kabine schälte, die sonst Wurstplatten und Kartoffelschüsseln transportierte, hielt sich um diese Zeit keine Menschenseele mehr auf. Ohne zu zögern, kurvte er um massige Gasherde, Vorratsschränke und chromblitzende Arbeitsflächen, bis er den Ausgang zu dem gepflasterten Innenhof gefunden hatte.

Der Hof lag im Dämmerlicht. Die Fackeln waren fast erloschen. Trotzdem drückte Pepper sich mit dem Rücken eng an die Wand und bewegte sich Schritt für Schritt an der Längsseite des Hofes entlang. Nach ein paar Metern ragte eine schräg zum Boden verlaufende Mauer aus der Wand. Er duckte sich in den Schatten des Vorsprungs von ungefähr zwei Metern Breite, der von einer Blechklappe verschlossen wurde.

Im Schutz der Dunkelheit verschnaufte Pepper. Das Herz schlug ihm bis zum Hals. Jederzeit konnte hier einer der Glatzköpfe auftauchen. Jemand, der nicht schlafen konnte, jemand, der zur Toilette musste, oder vielleicht auch jemand, der genau darauf aufpassen sollte, dass keine neugierigen Bewohner des oberen Hauses mit Speiseaufzügen an Orte gelangten, wo sie nichts zu suchen hatten.

Als er sich ein wenig beruhigt hatte, schaute Pepper sich um. Die Fenster im ersten Stock starrten wie dunkle Augen aus den rötlichen Backsteinmauern. Nur eines in der Mitte war hell erleuchtet. Ein weißer Vorhang verschleierte den Blick hinein. Die Gardine bewegte sich jedoch immer wieder ein bisschen und einen Augenblick später konnte Pepper die Umrisse einer Gestalt erkennen. Sie hielt etwas Längliches in der Hand, das sie an das Kinn setzte.

Pepper hatte diese Bewegung schon oft gesehen – bei seiner Mutter und bei seiner Schwester. Wenn sie die Geige anhoben, ein wenig zögerten, zwei drei Versuche brauchten, bis das Instrument genau die richtige Position an ihrem Kinn hatte.

Angelina war ein schweigsames Mädchen, auch hier war sie das krasse Gegenteil ihres Bruders. Sobald sie jedoch die Geige erklingen ließ, wusste jeder, dass Angelina eine eigene Art zu sprechen hatte. Das Instrument war ihre Stimme, die Töne waren ihre Worte, ihre Sätze, mit denen sie in wenigen Minuten mehr ausdrücken konnte, als in einem ganzen Stapel von Büchern Platz hatte. Oft hatten die Übungsstücke Pepper genervt, aber jetzt wünschte er sich nichts mehr als ein paar Takte von Angelinas Musik.

Pepper war so gefangen vom Anblick der Gestalt am Fenster, dass er fast gedankenverloren aufgestanden und aus dem Schatten herausgetreten wäre.

»Angelina«, wisperte er.

Jemand zerrte ihn zurück in den Schatten und zischte: »Bist du verrückt?«

Fast hätte Pepper einen lauten Schreckensschrei ausgestoßen, aber der King, den er nun erkannte, presste ihm seine verstaubte Hand auf den Mund.

»Das ist nicht Angelina, glaube mir.«

Pepper glaubte ihm, denn der King hatte den Satz kaum vollendet, da kreischten die Saiten der Geige unter der ungeübten Hand der Gestalt hinter dem Vorhang. Sein Gesicht verzog sich beim Klang der Violine, die sich mit den schiefen Tönen gegen die Misshandlung durch ihre Spielerin wehrte.

»Was machst du hier?«, fragte Pepper.

»Das könnte ich dich auch fragen«, konterte der King.

Ein knarrendes Geräusch lenkte die beiden Jungen ab. Die Zugbrücke am anderen Ende des Innenhofes senkte sich Zentimeter für Zentimeter. Das Getrappel von Hufen war zu hören.

In Moranas Zimmer riss jemand die Vorhänge zur Seite. Es war Morana selbst. In der einen Hand hielt sie noch die Geige.

Die Jungen duckten sich so tief wie möglich hinter den Mauervorsprung.

Ein sechsspänniger Schlitten schrammte mit den Kufen über das Kopfsteinpflaster. Das Metall schlug Funken. Die Pferde schnaubten, warfen die Köpfe in den Nacken. Sie waren außer Atem, ihr Fell glänzte schweißnass.

»Brrrr …«, rief der Kutscher.

Die Pferde stoppten sofort, tänzelten aber noch ein wenig auf der Stelle. Der Kutscher, ganz in Schwarz gekleidet mit einem ebenfalls schwarzen Umhang, sprang vom Bock. Sein tief ins Gesicht gezogener Hut rutschte ihm vom Kopf. Eine buschige Feder steckte an der Krempe. Er riss die Kopfbedeckung hinunter. Das struppige schwarze Haar, ein ebensolcher Bart und ein Gesicht, das unter dem Schmutz, der sich darin gesammelt hatte, kaum zu erkennen war, gaben ihm ein wildes Aussehen.

Morana hatte das Fenster geöffnet. Sie lehnte sich auf beide Hände gestützt weit über die Fensterbank hinaus. Mit einer schwungvollen Geste beugte der Kutscher die Knie vor ihr.

»Herrin«, rief er zur Begrüßung, zu mehr war er gerade nicht imstande. Sein theatralischer Auftritt verpuffte in Atemlosigkeit. Er sank auf den Boden und konnte gerade noch ein Knie aufstützen. Er rang nach Atem.

»Endlich«, begrüßte Morana den Ankömmling.

Ein Lächeln oder irgendein anderes Zeichen der Freude suchte man vergeblich an ihr. Beim Anblick des Schlittens vereiste ihre Miene endgültig.

»Wo ist er?«, fragte sie.

Der Schlitten war aus einfachem Holz gezimmert, mit schlichten eisernen Kufen und nur mit einem Brett als Kutschbock versehen. Zum Transport von Menschen eignete er sich nicht, es sei denn, sie hätten sich auf der von Schneematsch verschmierten Ladefläche festgeklammert. Diese war jedoch leer.

»Wo ist der Kalender?« Moranas Stimme bebte.

»Herrin«, wiederholte der schwarze Knecht, aber es fehlte ihm immer noch der Atem, um einen verständlichen Satz herauszubringen. Oder er fürchtete sich so sehr, die schlechte Botschaft auszusprechen, dass die Angst ihm die Sprache verschlug. »Ich … ich …«, stotterte er weiter.

»Du hast den Kalender nicht?«

»Das Haus war verriegelt und verrammelt«, verteidigte sich der schwarze Kutscher.

»Na und?«, erwiderte Morana. »Seit wann ist das ein Grund unverrichteter Dinge zurückzukehren?«

»Der Kerl hat auf mich geschossen, durchs Guckloch der Hintertür. Mein Auge wäre hinüber, wenn ich mich nicht gerade gebückt hätte …«

»Du fährst sofort los und holst diesen Adventskalender«, unterbrach Morana ihn. Dabei beugte sie sich weit über das Geländer. Einen Moment schwankte sie, fand aber wieder das Gleichgewicht. »Jeden Tag, den der Kalender draußen ist, wächst die Gefahr, dass wir ihn verlieren. Du weiß genau, was passiert, wenn wir keinen Nachschub bekommen!«

»Herrin …«, hob Lucilla beschwichtigend an. Sie war unbemerkt auf den Hof getreten.

»Hol den Kalender!«, schrie Morana. »Keine Widerworte, hol ihn!«

Der schwarze Knecht rang die Hände. »Es geht nicht, Herrin, so glaube mir doch. Dieser Lugosi hat seinen Laden gesichert wie eine Burg.«

»Holt mir den Jungen, der neu gekommen ist«, befahl Morana. »Er muss diesen Lugosi kennen. Schließlich ist er in seinem Laden durch die Pforte getreten.«

Sofort bewegten sich aufgeregte Gestalten über den Hof. Mehrere Glatzköpfe rannten los, um Moranas Befehl auszuführen.

»Was sollen wir tun?«, fragte Pepper fast tonlos.

Er behielt das Treiben auf dem Hof im Auge. Lucilla war hinauf zu ihrer Herrin geeilt, der Kutscher führte die erschöpften Pferde in die Stallungen. Morana hatte das Fenster geschlossen und nicht nur die Gardinen, sondern auch schwere Vorhänge, durch die nicht einmal ein Schatten zu sehen war, zugezogen.

»In dein Zimmer kannst du jetzt wohl nicht zurück oder du wirst von Morana in die Mangel genommen«, antwortete der King. »Ich verstecke dich erst einmal bei mir und dann sehen wir weiter.«

Pepper dachte nach. Konnte er dem King vertrauen? Ja, entschied er sich. Wenn nicht, hätte der Kerl ihn längst ans Messer liefern können, spätestens hier und jetzt, wo sich Morana sicher sehr dankbar gezeigt hätte. Als wieder Ruhe im Innenhof einkehrte, huschten sie eilig zurück zum Speiseaufzug und verschwanden einer nach dem anderen darin.

Ein falscher Name

Der King legte einen Zeigefinger auf die Lippen, mit der anderen Hand gab er Pepper ein Zeichen. Sie überquerten den Flur im ersten Stock genau in dem Moment, als einer der Glatzköpfe um die nächste Ecke bog. Pepper folgte dem King bis zu der Tür am Ende des Gangs.

»Das ist mein Zimmer«, flüsterte der King. »Schnell rein.«

Pepper fiel auf, dass dieses Zimmer dem seinigen bis ins kleinste Detail glich. Nur die Eisenbahn in der Mitte des Raums fehlte. Stattdessen stand dort ein Werktisch mit selbst gebastelten Flugzeug- und Schiffsmodellen. Alte Doppeldecker, ein Segelschiff, dem noch der Hauptmast fehlte, einige Modelle, die noch nicht erkennen ließen, was sie einmal werden sollten.

»Sie holen sie immer ab und legen neue Bausätze hin, wenn eins fertig ist«, sagte der King. »Sonst stünden hier Hunderte rum oder noch mehr. Sie denken, ich merke es nicht, dass ich immer wieder dieselben Fregatten zusammenklebe. Einmal hab ich mich fast verraten und einem der Glatzköpfe gesagt, dass es mich anödet, dauernd von vorne anzufangen.«

»Wie lange bist du denn schon hier?«, fragte Pepper.

»Lange. Vielleicht. Du verlierst hier jedes Gefühl für die Zeit. Bleib hier und mach keinen Schritt aus dem Zimmer. Sobald du etwas an der Tür hörst, verschwindest du.«

Er schob eine Holzlatte des Bettkastens zur Seite. Ein Hohlraum kam zum Vorschein, in dem gerade eben zwei kleine Personen Platz hatten, aber auch nur, wenn sie die Beine ganz an die Brust zogen.

»Ich selbst klopfe dreimal kurz, Pause, und zweimal kurz.« Er pochte, so wie er es beschrieben hatte, auf die Tischplatte. »Dann weißt du, dass wir es sind.«

Ohne zu erklären, wer mit *wir* gemeint war, verschwand der King.

Eine halbe, vielleicht sogar eine Stunde später hörte Pepper das vereinbarte Zeichen. Der King, Maroun und Babette betraten das Zimmer.

»Hat ein bisschen gedauert«, entschuldigte sich der King.

»Überall sind Glatzköpfe unterwegs«, sagte Babette.

»Sie suchen nach dir«, grinste Maroun. »Kannst dir schon mal eine Ausrede einfallen lassen.«

»Wir müssen uns zuerst beraten!«

Der King winkte die anderen in eine Ecke des Zimmers.

Die drei flüsterten aufgeregt miteinander. Maroun gestikulierte mit beiden Händen, Babette stampfte ein paarmal mit dem Fuß auf, Wortfetzen flogen herüber, auf die Pepper sich keinen Reim machen konnte. Endlich war es ihm genug. Pepper platzte fast vor Neugier und Aufregung. Er trat zu den anderen, stemmte die Arme in die Hüften und sagte:

»Ich heiße Jeremias W. Pepperfield, und ich will wissen, was hier mit meiner Schwester Angelina passiert ist.«

Babette durchbrach das Schweigen als Erste.

»Wonderboy«, murmelte sie.

Pepper errötete. Außer seinen Eltern und seiner Schwester wusste niemand, wofür das W. in seinem Namen stand, und er war ziemlich froh darüber. Wonderboy war nämlich ein richtig alberner zweiter Vorname.

»Ich heiße Pepper«, murrte er.

Wieder flogen die Blicke zwischen dem King und den drei anderen hin und her.

»Sie hat oft von dir gesprochen. Du hast ihr ziemlich gefehlt.« Maroun vergrub die Hände in den Hosentaschen. Mit einem Fuß zeichnete er die Ornamente im Teppich nach. Auf allen lastete ein tonnenschweres Gefühl.

»Ihr wisst, wo Angelina ist?«, fragte Pepper.

Der King nickte. »Ja, wissen wir.«

»Dann bringt mich zu ihr«, forderte Pepper aufgeregt.

»Das ist nicht so einfach.« Babette zog einen Stuhl herbei, aber Pepper wollte sich nicht setzen. »Die meisten von uns wissen nicht genau, wie lange sie schon hier sind, aber sicher ist, dass wir an einem 1. Dezember durch die Tür des Adventskalenders hierher kamen. Die Zeit läuft hier anders. Wir schlafen am 24. Dezember ein und wachen am 1. des folgenden Jahres wieder auf. Es ist immer Adventszeit. Die meisten Kinder genießen es, sie sind glücklich und zufrieden, weil sie ihr Leben draußen völlig vergessen haben. Der King, Maroun, ich und vielleicht auch ein paar mehr sind anders. Wir kämpfen gegen das Vergessen an. Wir wissen nicht warum, aber wir können uns noch ganz genau erinnern. An unsere Eltern und Geschwister und die Freunde.«

»Und sogar an die Schule«, lachte Maroun. »Hätte nie gedacht, dass ich mal zurück in die Schule will!« Er wurde wieder ernst. »Sie hat noch nicht gemerkt, dass wir drei uns verstellen, sie betrügen. Aber es ist die einzige Chance, irgendwann zurückzukehren. Nach Hause. Wir geben nicht auf, bis zum letzten Tag nicht. Wir weigern uns zu vergessen, verstehst du? Wenn du alles da draußen vergisst, gehörst du ganz ihr. Als Gegenleistung hast du immer Weihnachten, mit allem Drum und Dran. Wenn sie etwas nicht erträgt, sind das Kinder, die sich nach ihrem Zuhause sehnen und traurig sind.«

»Und wer sich weigert?«

»Kommt in den dunklen Raum«, sagte der King.

Ein paar Augenblicke hing der Satz in der Luft. Jedem der drei anderen sah Pepper an, dass dieser Raum absolut nichts mit der fröhlichen Weihnachtsstimmung, mit Mandelduft und Krippenspiel zu tun hatte. Keiner wusste, was es mit diesem Raum auf sich hatte, nur eines war klar: Noch nie war jemand aus dem dunklen Raum zurückgekehrt.

»Warum haut ihr nicht ab?«, fragte Pepper.

Babette lachte traurig auf. »Weil wir den Weg nicht finden, sonst wären wir längst weg. Es gibt kein Draußen, kein Zurück, nur Dunkelheit. Man kann draußen nicht überleben. Außerdem sind dort die Wölfe.«

Pepper überlegte schnell, ob er etwas über seinen Verdacht wegen der Wölfe sagen sollte. Er entschied sich, erst einmal zu schweigen.

»Oder sie fängt uns wieder ein«, sagte Maroun.

»Morana?«

Die drei nickten.

»Nicht sie selbst«, sagte Maroun nach einer Weile. »Sie geht nie raus. Lucilla holt die Neulinge ab und den Rest erledigen von Kramp oder der Kutscher.«

»Aber es ist doch schon jemandem gelungen?«

Die Luft schien plötzlich zu knistern. Die anderen Kinder starrten Pepper an.

»Benjamin.« Pepper kramte in seinem Gedächtnis, wie der Junge, von dem Mister Lugosi berichtet hatte, weiter hieß. »Loane. Benjamin Loane«, sagte Pepper und erzählte ihnen die Geschichte von dem Heft, das Lugosi aufgetrieben hatte.

Alle schüttelten den Kopf. Keiner kannte diesen Benjamin, selbst der King nicht, der am längsten von allen in dem Haus lebte.

Endlich stellte Pepper die Frage, die ihm am schwersten auf der Seele lastete.

»Und Angelina?« Er musste schluckten, aber sein Mund war trocken. »Kam sie in den dunklen Raum?«

Babette schüttelte den Kopf.

»Aber was …«

Plötzlich legte der King Pepper die Hand auf die Lippen. Er bedeutete ihm, den Mund zu halten. Als er sicher war, dass Pepper keinen Mucks mehr von sich gab, ging der King schnell zur Tür und öffnete sie vorsichtig einen Spaltbreit. »Jemand kommt«, presste er kaum hörbar durch die Zähne und verschloss die Tür wieder mit größter Vorsicht.

»Wer? Morana?«, fragte Pepper.

»Nein, Morana bekommst du nur selten zu sehen«, antwortete Babette. »Lucilla kommt abends. King, hast du deinen Wunschzettel geschrieben?«

Der King schüttelte den Kopf.

»Dann tu es, schnell, sonst kommt sie herein und erwischt uns.«

Der King holte seine Mappe hervor und kritzelte schnell etwas auf einen der Zettel darin.

Die Türklinke bewegte sich nach unten. Blitzschnell drückten sich Babette, Pepper und Maroun hinter die Tür. Der King ließ Lucilla, die zu einer Frage anhob, gar nicht erst zu Wort kommen. Stattdessen trat er auf den Gang hinaus und sagte laut: »Fast hätte ich meinen Wunschzettel vergessen.«

»Du kannst ihn mir gleich geben«, erwiderte Lucilla.

Der King jedoch duckte sich unter ihrem Arm hinweg, um zu dem altmodischen Briefkasten an der Wand zu laufen. Er wollte Lucilla von seinem Zimmer weglocken. Fröhlich pfeifend stopfte er den Zettel hinein.

»So ist es gut«, lobte sie ihn. Sie zog einen Schlüssel aus einer Tasche ihres Gewands, öffnete den Kasten und holte den Zettel wieder hervor.

»Jetzt aber schnell ins Bett«, forderte sie den King auf.

Der gähnte laut. »Gute Nacht, Lucilla«, murmelte er und verschwand in seinem Zimmer.

Sobald die Tür hinter dem King ins Schloss gefallen war, drückte Pepper ein Auge ans Schlüsselloch. Der Flur schlummerte im Dunkeln, nicht einmal bis zur gegenüberliegenden Wand konnte Pepper schauen. Er lauschte noch ein paar Sekunden. Nichts. Kein Ton war zu hören.

»Sie ist weg«, flüsterte Pepper.

»Noch mal gut gegangen.« Der King stieß erleichtert die Luft aus, aber er hatte sich getäuscht.

Der Kutscher hatte Stunden über Stunden versucht, in das Haus einzudringen, aber die Abwehrmaßnahmen hielten, was Harry versprochen hatte. Der Kutscher war unverrichteter Dinge abgezogen und Mister Lugosi hatte sich sogar ein Erholungsschläfchen gegönnt. Eine lange Ruhepause sollte es allerdings nicht werden, denn der zweite Angriff auf die Festung war von ganz anderer Art.

Agatha Cloud gehörte nicht zu den Personen, die man mit einer Winchester aus dem Jahre 1883 beeindrucken konnte. Wenn man Mrs Cloud etwas anvertraute, sorgte sie für dessen Wohlergehen, ob es nun ein Haus war oder ein Blauschopfpapagei, den sie oft für ihre Cousine Abigail hütete, oder ein Kind. Sie hatte sich nach dem Verschwinden von Pepper trotz des Schneesturms unverzüglich in Bewegung gesetzt und die ganze Stadt abgesucht. Zunächst sehr diskret. Sie wollte auf keinen Fall, dass etwas über die Sache bis zu Gwendoline Pepperfield drang.

Nach den ersten erfolglosen Nachforschungen hätte sie schon fast die örtliche Polizei eingeschaltet, als Miranda Moorman ihr berichtete, Pepper sei im Hause dieses Mister Lugosi verschwunden, zweimal sogar. Einmal mit dem hässlichen Hund, vor dem Miranda sich fürchtete. Ein zweites Mal ohne den Hund, kurz nachdem der Strom ausgefallen sei.

»Ausgerechnet an der Stelle in meinem Buch, an dem das Mädchen endlich von dem Jungen geküsst werden sollte, wo er doch ein Vampir ist und …«

Mrs Cloud hatte sich nicht die gesamte verzwickte Geschichte angehört, sondern war sofort weiter zu Mister Lugosis Laden gelaufen, den einige im Ort ebenfalls für einen Vampir hielten, weil man ihn so selten am Tag zu Gesicht bekam. Zwar hielt Mrs Cloud nichts von solchen Ammenmärchen, in der Aufregung um Peppers Verschwinden steigerte es trotzdem ihre Besorgnis und auch ihre Entschlossenheit.

Beidem konnte Mister Lugosi nicht widerstehen. Obwohl er vor nicht allzu langer Zeit einem Boten des Bösen erfolgreich den Zutritt zu seinem Laden und besonders zu dem Adventskalender verwehrt hatte, öffnete er Mrs Cloud auf ihre massiven Drohungen hin die Ladentür.

Erst als die kleine dicke Frau mit den zerzausten Haaren, die unter einem ausnehmend hässlichen Filzhut hervorschauten, das gesamte Haus durchsucht hatte, ließ sie sich außer Atem in Mister Lugosis Ohrensessel fallen. Sie holte nur ein paarmal tief Luft.

Wenige Sekunden später schaute Mister Lugosi seinerseits in den Lauf eines Gewehrs, das noch schwach nach Pulver roch. Es war seine eigene Winchester, die er auf den Kutscher abgefeuert hatte und die neben seinem Sitzmöbel an der Wand lehnte, weil Mister Lugosi glaubte, von der ältlichen Dame gehe keine Gefahr aus.

»Sie haben genau drei Sekunden Zeit«, drohte Agatha Cloud. »Danach haben Sie mir gesagt, wo Jeremias W. Pepperfield sich befindet oder sie haben ein Loch im Bauch.«

Mister Lugosi war sich über den Ernst der Situation im Klaren. Selbst in drei Minuten würde er keine ausreichende Erklärung für die Dinge finden. Jedenfalls keine, die Agatha Cloud davon abhielte, den Abzug der alten, aber funktionstüchtigen Flinte zu betätigen.

»Da haben wir dich ja«, murmelte Morana.

Pepper konnte nicht sagen, ob dieser Satz etwas Gutes oder etwas Schlechtes bedeutete. Er stand mit Babette, Maroun und dem King in Reih und Glied in Moranas Zimmer. Lucilla hatte kurz zuvor ohne anzuklopfen Kings Zimmertür aufgerissen und die Kinder mit einem strahlenden Lächeln auf den Lippen, aber unerbittlich abgeführt, um sie im Innenhof an den alten Glatzkopf zu übergeben. Dieser wiederum hatte sie wortlos zu Morana geleitet und sich dann still neben seiner Herrin aufgestellt. Natürlich hatte sich keiner anmerken lassen, dass sie wussten, warum sie mitten in der Nacht zu einer Audienz bei Morana antreten mussten.

Morana saß hinter ihrem massigen Schreibtisch, auf dem sich außer einer rostbraunen Unterlage, einer länglichen Schale mit sauber angespitzten Bleistiften, ein paar dicken in Leder gebundenen Büchern und einer Lampe nichts weiter befand. »Und deine Freunde gleich dazu.«

Es klang nicht gut, entschied Pepper sich, nein, es klang, als habe jemand eine lang ersehnte Beute bei der Jagd gemacht. Zudem wurden er und die anderen nun weder gefragt, ob sie es sich bequem machen wollten, noch servierte ein dienstbarer Geist heiße Schokolade oder andere Erfrischungen wie bei Peppers erstem Besuch in den Gemächern der Hausherrin.

Die Schreibtischlampe spendete nur wenig Licht. Es war kaum auszumachen, was in Moranas Gesicht vor sich ging. Wie immer hatte sie ihren Körper in einen wuchtigen Pelz gehüllt. Statt einer Pelzkappe bedeckte ein breiter Schal aus molliger Mohairwolle ihren Kopf. Sie hatte ihn zu einem kunstvoll aufgetürmten Turban gewickelt.

»Ihr seid euch im Klaren, dass Besuche auf den Zimmern anderer Kinder zu nachtschlafender Zeit nicht gerne gesehen werden?«

Pepper spürte, wie der King unruhig wurde. Seine Hände, die er auf den Rücken gelegt hatte, verkrampften sich ineinander. Er würde jeden Augenblick eine patzige Antwort geben, aber Pepper kam ihm zuvor.

»Wir wollten unsere Texte für das Krippenspiel noch einmal durchgehen«, brachte Pepper schnell heraus. Ein Blick zur Seite bestätigte ihm, dass Maroun und Babette heftig nickten und der King wenigstens seine Hände entspannte und in den Hosentaschen vergrub.

»Das Krippenspiel, aha!«

Morana beugte sich nach vorne. Sie stützte die Unterarme auf den Tisch. Ihre Finger, die in Handschuhen aus feinstem rotbraunen Leder steckten, trommelten auf die Schreibunterlage. »Sagt dir der Name Lugosi etwas?«

Der Glatzkopf hustete. Morana quittierte die Störung mit einem zischenden Laut. Sie wollte jetzt nicht gestört werden, aber sie schickte den alten Mann nicht hinaus.

Der kleine Moment der Verzögerung reichte Pepper, um sich eine Strategie zurechtzulegen. Er würde die Flucht nach vorne antreten, genau wie bei den Verhören durch Mrs Cloud, nachdem eine ganze Fleischwurst aus dem Kühlschrank verschwunden war, was gelegentlich vorkam, wenn Pepper zwischen dem Fünfuhrtee und dem Abendbrot ein Heißhunger überkam.

»Das ist der schrullige alte Kerl, der neben Moormans wohnt«, plapperte er fröhlich los. »Er hat einen Laden, der immer geschlossen ist, und alle in der Schule sagen, er sei ziemlich sonderbar.«

»Sonderbar?«

»Ja, sonderbar«, wiederholte Pepper und tat so, als schraube er mit der rechten Hand neben seiner Schläfe etwas fest. »Ein bisschen komisch im Kopf, klaro?«

»Plemplem«, bekräftigte Maroun.

»Du kennst den Mann also auch?«

Morana nahm Maroun ins Visier, aber bevor dieser etwas sagen und die Sache vermurksen konnte, schnitt Pepper ihm das Wort ab.

»Nein, woher denn. Ich hab den anderen von dem verrückten Kerl erzählt. Er hat seinen Laden von Harry sichern lassen wie die Schatztruhe des Königs, weil er furchtbare Angst hat, jemand könne ihm etwas klauen. Stellt euch vor«, jetzt drehte sich Pepper zu den anderen Kindern, »dieser Lugodi …«

»Lugosi«, korrigierte der Glatzkopf ihn.

Alle schauten den Mann an. In Gegenwart von Morana hatte bisher fast nie einer der Bediensteten einen Mucks außer *Danke* und *Bitte* und *Sehr wohl, Herrin!* von sich gegeben. Jetzt räusperte der Glatzkopf sich und stammelte eine leise Entschuldigung.

»Jedenfalls hat der schrullige Typ einen Laden, den er aus lauter Angst nie öffnet. Ein Laden ohne Ladenzeiten, so ist das.«

»Und wie bist du dann in den Laden gekommen?«, wollte Morana wissen. Sie interessierte sich kein bisschen für die kaufmännischen Gepflogenheiten des Mister Lugosi.

»Wegen Homer.«

Beim gekonnten Lügen gab es eine wichtige Regel. Das hatte Pepper von Roy Sattler gelernt: Immer hart an der Wahrheit entlanglügen. Damit verringerte man die Gefahr, sich in den erfundenen Geschichten zu verheddern.

»Das ist der Hund von dem Alten. Der war weggelaufen und ich hab ihn zurückgebracht.«

»Dich hat er aber in seinen Laden gelassen?«, forschte Morana weiter. Sie schien noch nicht ganz zufrieden zu sein.

»Ich musste mal und außerdem wollte er mir eine Belohnung geben und dann ist er nach hinten gegangen und dann bin ich neugierig gewesen, weil der Adventskalender da stand und das erste Türchen noch nicht offen war …«

Wieder fiel Morana ihm ins Wort. »Das reicht. Ein schrulliger alter Ladenbesitzer also?« Sie tippte sich mit der Spitze des Zeigefingers an die Unterlippe. »Und er hat dir gar nichts … gesagt?«

»Doch, klar hat er was gesagt.«

»WAS?«

»Ich solle mit dem vielen Schneematsch an den Schuhen bloß nicht in seinem Laden rumlaufen.«

Morana entspannte sich wieder. Sie lehnte sich im Sessel zurück. Pepper gähnte übertrieben laut, aber Morana forderte sie nicht auf, in ihre Zimmer zurückzugehen. Jetzt fragte sie nach Harry und Pepper war froh, dass er nichts mehr zu Mister Lugosi sagen musste. Bei Harry drohte nicht die Gefahr, dass ihm etwas rausrutschte und er womöglich verriet, dass Mister Lugosi aus genau einem

Grund sein Haus mit den modernsten Sicherungsmaßnahmen versehen hatte: um Morana ein Schnippchen zu schlagen.

Die drei anderen Kinder hatten schnell begriffen, dass er den dummen Jungen spielte. Sie hielten sich ganz aus der Sache heraus, nickten ab und zu oder Babette kicherte an einer Stelle, die ihr komisch erschien. Als Morana sie endlich entließ, führte der Glatzkopf jeden Einzelnen wieder auf sein Zimmer. Auf Peppers Schwelle verharrte er eine kleine Weile. Er räusperte sich mehrmals, sagte aber nichts, sondern drehte sich um und verschloss die Tür hinter sich.

Die Nacht war wie alle anderen Nächte in diesem Haus erfüllt von schweren Träumen, allerdings konnte Pepper sich am Morgen nicht mehr daran erinnern. Sofort nach dem Aufstehen zog er den Zettel mit dem wichtigen Satz hervor. Das Papierstück war bereits zerknittert und ein wenig schmierig, weil sich der Schweiß seiner Hände mit der Bleistiftschrift vermischt hatte. Pepper umschloss den Zettel immer wieder mit der Hand, wenn etwas ihn bedrängte.

Am Frühstückstisch beobachtete er voller Sorgen Babette. Ihre Augen waren gerötet. Jeder, der hineinschaute, hätte sofort gesehen, dass sie wahrscheinlich die halbe Nacht geweint hatte. Maroun fing Peppers Blick auf. Auch ihm war Babettes Zustand nicht verborgen geblieben. Nur der King tat – wie immer, wenn die ganze Meute und die Glatzköpfe in der Nähe waren – so unbeteiligt, als ginge ihn nichts etwas an. Im Laufe des Tages hatten sie kaum eine Chance, miteinander zu sprechen, geschweige denn, sich ungestört zu treffen, und wahrscheinlich würden auch abends und nachts Moranas Diener oder Lucilla einen genauen Blick darauf haben, was die Kinder trieben.

»Einen Muffin gefällig?«

Pepper schreckte aus seinen Gedanken auf. Er hatte sich den Bauch wieder vollgeschlagen, ohne auch nur einen Deut Appetit gehabt zu haben, aber ihn trieb das ungute Gefühl, es könnten jederzeit Dinge passieren, die man satt besser überstand als hungrig.

»Die Muffins sind heute sehr gut.«

Der Glatzkopf mit dem silbernen Tablett voller Backwaren wartete immer noch an seiner Seite. Drängend schob er Pepper die Muffins unter die Nase.

Pepper schaute auf. Es war der alte Diener Moranas, der bisher noch nie zu den Mahlzeiten aufgetaucht war, um den Kindern das Essen zu servieren. Als Pepper weiter zögerte und dankend ablehnte, nahm der Glatzkopf den größten Muffin und legte ihn auf Peppers Teller. Der Duft von Äpfeln und Zimt stieg dem Jungen in die Nase, aber er konnte sich nicht dafür begeistern. Im Gegenteil, Apfelkuchen war eine Spezialität von Mrs Cloud und der Geruch katapultierte die Erinnerungen an zu Hause und seine Eltern auf direktem Weg von der Nase ins Gehirn und von dort ins Herz.

»Nimm den Muffin und iss ihn in deinem Zimmer!«, zischte der Glatzkopf, wobei er die Hand auf Peppers Schulter legte und schmerzhaft fest drückte.

»Autsch!«, rief Pepper laut.

Ein paar Kinder starrten ihn an. Auch einer der anderen Kellner wurde aufmerksam. Ein Blick in die Augen des alten Glatzkopfs sagte Pepper jedoch, dass er auf ihn hören sollte. Ein trauriger, aber auch drängender, fast flehender Schleier lag darin. Pepper wickelte das saftige Gebäck in eine der Papierservietten, die mit einem Rentier auf Skiern und einer Nikolausmütze zwischen dem Geweih, Stechpalmenzweigen und weihnachtlichem Dekor bedruckt waren. Der Glatzkopf senkte den Blick und gab ein zufriedenes Knurren von sich.

Im Laufe des Tages blieb Pepper keine Minute Zeit. Die Weihnachtsvorbereitungen wurden hektischer und hektischer. Beim Blick in die Gesichter der anderen Kinder wuchs das Unwohlsein in Pepper mit jeder Stunde. Obwohl alle weiter die größte Fröhlichkeit und Begeisterung nach außen kehrten, schwebte eine wirre, fast getriebene Stimmung über ihnen.

Wenn der Muffin in seiner Hosentasche nicht nach und nach zermatscht worden wäre, hätte Pepper ihn fast vergessen. Der zuckrige Saft und das Fett hatten jedoch einen dunklen Fleck entstehen lassen, der langsam durch den Stoff der Hose schien. Ein Junge namens Kevin oder Daniel oder vielleicht Peter hatte gelacht, auf Peppers Hosenlatz gezeigt und »Hey, wohl in die Hose gemacht!?«

gerufen. Das gehässige Lachen hatte ihm allerdings einen strengen Blick einer glatzköpfigen Frau eingetragen. Schadenfreude war in diesem Haus verpönt.

Im Waschraum zog Pepper kurz vor dem Mittagessen den zerbröckelten Rest dessen, was einmal ein wohlgeformtes Gebäck gewesen war, hervor. Die Pampe sah ziemlich unappetitlich aus, als er die durchweichte Serviette ausbreitete. Pepper wollte ihn schon in einen der Mülleimer werfen, die neben jedem Waschbecken standen, als er etwas Schimmerndes zwischen Teigklümpchen und zimtverklebten Apfelstückchen blinken sah. Es war ein Röhrchen, nicht einmal so lang wie sein kleiner Finger. An ein paar Stellen glänzte es noch silbern, an anderen war es schon schwärzlich angelaufen. Er versteckte den Fund schnell in der Hosentasche.

Beim Mittagessen forderte er Babette, den King und Maroun auf, sich mit ihm einer Gruppe von Jungen und Mädchen anzuschließen, die den Stall zu Bethlehem zimmern sollten. Kaum hatte er sich an die Werkbank aus grobem Holz gesetzt, belegten der King und Babette die Plätze rechts und links von ihm. Maroun setzte sich auf den Stuhl gegenüber und öffnete eine Dose mit einer ätzend riechenden Tinktur.

»Holzbeize«, las Maroun auf dem Etikett. »Keine Ahnung, was man damit macht, hält auf jeden Fall alle anderen auf Abstand. Hat sich schon bewährt.« Er grinste, denn schon nach kürzester Zeit verdrückten sich zwei Mädchen in eine andere Ecke des Raums.

Pepper wurde den Verdacht nicht los, dass er und die drei anderen ständig beobachtet wurden, denn auch der Glatzkopf mit der grünen Arbeitsschürze hatte immer wieder neue Gründe und Ideen, gerade ihre Arbeiten an der Krippe zu verbessern oder ausgiebig zu bewundern. Irgendwann jedoch schaffte Pepper es, den zusammengerollten Papierstreifen, den er in dem Röllchen gefunden hatte, an Babette und dann an die Jungs weiterzureichen. Babette hatte verständnislos den Kopf geschüttelt, aber der King begriff sofort.

»Noten?«, fragte er leise und forderte Maroun im selben Atemzug laut auf, ihm den Holzleim anzureichen.

Pepper nickte. Sie unterhielten sich auf diese umständliche Art weiter. »Kann ich mal die Feile haben?«, sagte er und fügte schnell wispernd an: »Ein Stück aus einem Geigensolo – von Angelina!«

Es war genau eine Taktzeile, die jemand aus einem Notenblatt herausgeschnitten hatte. Dass es von Angelina stammen musste, war für Pepper zweifelsfrei erwiesen: Unter den Noten hatte ihre Mutter mit der dunkelgrünen Tinte, die sie immer dazu benutzte, kleine Anmerkungen notiert, die es Angelina leichter machen sollten, ein neues Stück zu erlernen. Pepper hatte diese Krakeleien auf den Violinstücken oft gesehen, wenn er im Musikzimmer auf dem etwas wackeligen Sofa gelümmelt hatte, um Angelina und seiner Mutter zuzuhören.

Auf der Rückseite des Zettels hatte jemand mit zittriger Hand nur ein paar Worte geschrieben: *Komm nach Mitternacht in die Küche. Du kannst den Speiseaufzug benutzen! Vertraue mir …* Eine Unterschrift trug die Nachricht nicht, nur zwei Buchstaben: *B.L.*

Pepper hatte grinsen müssen, als er die Aufforderung gelesen hatte. Der King und er selbst waren offensichtlich nicht die Einzigen, die den etwas eigenwilligen Weg hinab in die verbotenen Räume des Hauses kannten.

»B.L.? Wer ist das?«, flüsterte Babette, aber sie blickte bei ihren Freunden in ahnungslose Gesichter.

Es war sicher keines der anderen Kinder, weil niemand einen Namen mit diesen Initialen trug. B wie Babette, Billy, Bridget, Baldwin und Brian, aber keiner der Nachnamen dieser Jungen und Mädchen begann mit einem L. Chrissie Labonté und Walter Liedermann waren die einzigen, deren Nachnamen den richtigen Anfangsbuchstaben hatte.

»Lasse Blindström – wenn man Vor- und Nachnamen miteinander vertauscht«, schlug Maroun vor, aber alle wussten genau, dass der kleine Lasse sich niemals auf nächtliche Touren durch das Haus einlassen würde. Er war viel zu klein und schmächtig und erschreckte sich schon vor den Knallern der Überraschungs-Cracker zu Tode. Und warum sollte er die Nachricht auf den Streifen aus dem Notenblatt schreiben?

Pepper konnte es bis zum Abendessen nicht weiter mit den anderen besprechen. Der Glatzkopf hatte sich genau hinter ihnen platziert und scheinheilig gefragt, ob sie Fragen hätten und ob er helfen könne, und hatte sich dann nicht mehr wegbewegt.

Später im Speisesaal beschlossen die vier Kinder, dass Pepper das Risiko eingehen sollte. Sie hatten gemeinsame Plätze an einem Tisch gefunden und die Möglichkeiten durchgesprochen. In Pepper hatte sich seit dem Nachmittag die Vermutung festgesetzt, dass es nur der alte Glatzkopf selbst sein konnte, der die Nachricht geschrieben hatte. Sie hatten ihn den ganzen Tag über nicht zu Gesicht bekommen, auch half er beim Abendbrot nicht, die Speisen zu verteilen.

Als Pepper sich nach der Geisterstunde zur Küche schlich, musste er mehrmals einen Umweg machen, weil immer noch die Männer und Frauen mit den kahlen Köpfen durch die Flure strichen, hier und dort eine Tür leise öffneten, um einen Blick in die Zimmer zu werfen. Vorsichtshalber hatte Pepper sein Bett so ausstaffiert, dass es aussah, als liege er eingemummelt unter seiner Decke. In der Halle glaubte er den rasselnden Atem Herrn von Kramps zu hören und einen der kaum verständlichen Flüche, die der Gehörnte immer mal wieder ausstieß. Pepper duckte sich schnell hinter das Sofa am Kamin, aber er schien sich getäuscht zu haben. Das Erdgeschoss schlummerte versunken vor sich hin, sodass er ungehindert zum Speiseaufzug und hinunter in die Küche gelangen konnte.

Dort angekommen, fand er die Küche selbst und den angrenzenden Vorratsraum leer und verlassen vor. Keine Menschenseele trieb sich um diese Zeit hier herum, wobei sich Pepper schon lange nicht mehr sicher war, ob die Glatzköpfe, ob Lucilla, von Kramp und erst recht Morana Menschenseelen waren oder überhaupt so etwas wie Herz und Seele besaßen.

Pepper wartete eine Weile. Er zählte die Tropfen, die aus dem Wasserhahn in das Spülbecken aus hellgrauem Stein platschten. Immer wenn er bei dreißig angelangt war, formte er aus den Resten eines Weißbrots, das jemand auf einer Anrichte vergessen hatte, kleine Kügelchen, die er nebeneinander aufreihte. Die knusprige Kruste aß er auf. Als er die fünfte Reihe mit jeweils sechs Brotkrumen gelegt hatte, hörte er das trockene Räuspern, das er bereits kannte.

Der alte Glatzkopf stand neben ihm. Er hielt einen schmutzigen Sack aus brauner Jute in der Hand. Bei der geringsten Bewegung rieselte schwarzer Staub aus dem Beutel, und es war dieser Staub, der Pepper an Duffy Fronter erinnerte, der jedes Jahr den Knecht Ruprecht am Nikolaustag spielte. Duffy arbeitete im Nachbarort beim Kohlehändler, wo er Zentnersäcke abfüllte und deshalb immer mit rußig schwarzem Gesicht herumlief – selbst im Sommer und auch in seiner Freizeit.

Mindestens drei oder vier Fragen gleichzeitig lagen Pepper auf der Zunge, aber er bekam keine Gelegenheit, sie auszusprechen.

»Jetzt nicht«, flüsterte der alte Mann und öffnete den Sack. »Steig hinein. Ich hoffe, du bist nicht so schwer.«

Pepper zögerte. Als kleiner Junge hatte er sich schon Tage vor dem sechsten Dezember gefürchtet. Obwohl er wusste, dass es Duffy war, der mit einer Kette rasselte und versuchte, den Kindern den Sack über den Kopf zu stülpen, fürchtete Pepper doch immer wieder, er könnte aus Versehen darin verschwinden. Auf Nimmerwiedersehen.

»Beeil dich!« Der Glatzkopf wurde ungeduldig. »Wir müssen über den Hof und an Moranas Gemächern vorbei. Wenn ich mit dir da entlangspaziere, könnten ein paar unangenehme Fragen gestellt werden. Wenn ich Kohlen durch die Flure schleppe, denken alle, der Ofen sei ausgegangen – hoffentlich.«

»Wohin bringen Sie mich?«, fragte Pepper, aber er bekam keine Antwort.

Der Mann hielt ihm den Sack mit beiden Händen hin, schüttelte ihn und nickte Pepper zu. Pepper stieg hinein. Der Beutel war noch nicht verschlossen und verschnürt, als sich schon ein pelziger Belag auf seiner Zunge bildete, der metallisch schmeckte. Ruß stieg ihm in die Nase, die augenblicklich zu kitzeln begann. Das kratzige Gewebe ließ gerade eben genug Luft durch, aber der schwarze Staub verklebte Peppers Lunge schon nach wenigen Atemzügen. Er hoffte, dass der alte Glatzkopf ihn nicht allzu weit schleppen und ihn bald wieder befreien würde.

Beim ersten Versuch, den Sack auf den Rücken zu wuchten, schaffte er es kaum, ihn ein paar Zentimeter über den

Küchenboden zu heben. Mit einem Schmerzensschrei ließ er Pepper wieder auf die Steinfliesen knallen.

Auch Pepper schrie auf. Er hatte sich das Steißbein gestoßen. Sofort pochte die Stelle knapp über dem Po.

Als der alte Mann es endlich geschafft hatte, schaukelte und schwankte die dunkle Welt um Pepper herum. Jeder Schritt fühlte sich an, als säße er mit verbundenen Augen in einer Nussschale, die auf den Wellenkämmen einer unruhigen See hin- und hergeworfen wurde. Ein paar Mal stieg ihm das Abendessen hoch; was Pepper jedoch mehr beunruhigte, war die Tatsache, dass ihnen mehrmals andere Personen begegneten, höchstwahrscheinlich andere Glatzköpfe. Der alte Mann hatte ihm schon zugeraunt, dass sie gleich da seien, als eine Tür knarrte und plötzlich helleres Licht durch die Jute schimmerte.

Lucillas Stimme erkannte Pepper sofort.

»Morana wünscht einen Tee aus Baldrian und Melisse«, sagte sie und schickte ein bestimmtes »Sofort!« hinterher. »Du kannst die Kohlen später nachfüllen.«

Der Sack rutschte von der Schulter des Trägers herab. Wieder stieß er mit etwas zu viel Schwung auf den Boden, genau auf dieselbe Stelle wie in der Küche – das Steißbein. Nur mit Mühe konnte Pepper sein »Aua!« hinunterschlucken, nicht einmal einen tiefen Atemzug wagte er.

Das Licht verschwand, eine Tür wurde geschlossen, Schritte entfernten sich. Zweimal juckte Peppers Nase so sehr, dass er einen krachenden Nieser befürchtete, aber er schaffte es, das Heer von Ameisen, die in seinen Nasenlöchern herumzukrabbeln schienen, in Schach zu halten. Nach einer Zeit, deren Dauer er überhaupt nicht abschätzen konnte, klapperte am anderen Ende des Flurs eine Tasse oder vielleicht ein Teelöffel auf dem Porzellan einer Untertasse. Jemand schritt an Pepper vorbei. »Pssst!«, hörte er eine Stimme, dann ein Klopfen, ein herrisches »Herein!«, ein paar gedämpfte Worte, die er nicht verstand und eine ins Schloss fallende Tür. Dann nestelte jemand am Sack, öffnete ihn jedoch nicht, was Pepper einen Herzschlag lang befürchtete, sondern schleppte ihn weiter.

Der alte Glatzkopf ächzte und stöhnte noch ein paarmal, besonders, als er seine Fracht ein paar Stufen hinauftragen musste. Wenige Schritte weiter öffnete er eine Tür, lud den Sack vorsichtig ab und öffnete ihn. Pepper befand sich in einem fensterlosen Raum, dessen Wände rundherum bis unter die Decke Schränke und Regale bedeckten. Ihre Bretter bogen sich unter der Last von Büchern, Ordnern und Karteikästen. Vom Boden bis ungefähr auf Brusthöhe reihten sich Schubladen auf, die mit kleinen Schildchen versehen waren. Auf dem Tisch in der Mitte des Zimmers lagen ein paar Aktenpappen. Die tief hängende Lampe strahlte darauf hinab, warf jedoch in den Rest des Raumes nur wenig Licht. In einem Gitterkorb stapelten sich lose Zettel, die von einer Kugel aus blank poliertem schwarzen Stein daran gehindert wurden, bei einem Luftzug durch die Gegend zu fliegen.

Pepper wollte danach greifen, aber der Glatzkopf ermahnte ihn: »Nicht anfassen, du hinterlässt überall Rußspuren.« Pepper betrachtete seine Finger, dann schaute er an sich hinab und tatsächlich war alles an ihm mit dem feinen schwarzen Staub, den die Kohlen in dem Sack hinterlassen hatten, überzogen.

»Wenn Morana erfährt, dass ein Unbefugter hier geschnüffelt hat, wird sie höchst unangenehm und sie ist schon nicht sehr liebenswürdig, wenn sie angenehm ist.«

Als Pepper zu einer Frage ansetzen wollte, schnitt der Mann ihm gleich das Wort ab.

»Du hast hundert Fragen, ich weiß, aber wir haben nicht viel Zeit. Ich kann dir viele davon beantworten, doch zuerst muss ich etwas von dir wissen!«

»Was?«, fragte Pepper, der eigentlich nur eine Frage hatte, nämlich die nach dem Befinden seiner Schwester Angelina.

»Wie geht es meinem Bruder? Ist er gesund? Geht es ihm gut?«

Pepper schaute den Glatzkopf überrascht an. Zuerst fragte er sich, woher er den Bruder dieses alten Mannes kennen sollte. Er kannte kaum solch alte Leute, außer Mrs Cloud und ihrer Cousine und dem Pfarrer, der ungefähr hundert Jahre alt sein musste und fast taub war, weshalb seine Sonntagspredigt manchmal noch drei Straßen weiter zu hören war, so laut donnerte er sie von der Kanzel hinab. Wenn er es sich aber recht überlegte, gab es noch ein anderes Problem: Pepper hatte den Mann noch gar nicht so genau betrachtet. Durch seinen roten Anzug und seine besondere Stellung als Moranas Leibdiener stach er unter allen anderen Glatzköpfen hervor, aber eigentlich waren sie eben – die Glatzköpfe. Ohne ein eigenes, besonderes Gesicht, ohne Merkmale, die sie von allen unterschieden. Er hatte anfangs ja nicht einmal bemerkt, dass nicht nur Männer, sondern auch Frauen unter ihnen waren!

Der Mann schien Peppers Gedanken gelesen zu haben. Er schüttelte den Kopf und es klang, als sei es nicht das erste Mal, dass er sich über diese Tatsache grämte: »Ja, ja, ja – wir sehen für euch Kinder alle gleich aus, ich weiß es doch. Mir ging es ebenso … vorher«, wobei er das letzte Wort fast nur wisperte und mit einem traurigen Ton hinterherschickte. »Mein Name ist Boldizsár«, stellte er sich vor. »Boldizsár Lugosi. Aber das war eigentlich nur unser Künstlername. Béla hat ihn sich ausgedacht.«

Eine schrecklich schöne Begegnung

Béla Lugosi zog die verschlissene Wolldecke enger um seine Schultern. Die Erschöpfung hatte sein Gesicht mit einem kalkweißen Schleier überzogen. Seine zittrigen Finger deuteten auf den Bollerofen in der Ecke des Ladens, auf dem der Samowar stand.

»Darf ich Ihnen einen Tee anbieten?«, fragte er seinen Gast, aber Mrs Cloud war nicht nach Tee, zu einem Gläschen Gin hätte sie nicht Nein gesagt, aber sie brannte zu sehr darauf, die Geschichte dieses alten Sonderlings zu hören. Was er bisher darüber erzählt hatte, wie Pepper in diesem Adventskalender verschwunden war, hatte sie kaum glauben können. Andererseits wirkte Lugosi auf sie nicht wie ein Lügner. Zu sehr spürte sie die Niedergeschlagenheit, die auf dem Mann lastete. Außerdem gehörte es zu den wichtigsten Fähigkeiten einer Haushälterin und eines Kindermädchens, kleine und große Lügen schon hundert Meter gegen den Wind zu riechen.

»Wir waren kaum älter als Pepper«, fuhr Lugosi fort. »Der Kalender stand in einem luxuriösen Kaufhaus, wo Boldizsár und ich seit ein paar Tagen in einem Varieté auftraten. Es war 1928, die Menschen brauchten Zerstreuung, Ablenkung von den schweren Zeiten. Unsere Familie war seit Urzeiten eine Truppe von Gauklern, Schauspielern und Artisten.«

»Schweifen Sie nicht ab!«, forderte Mrs Cloud. Sie erschrak selbst ein wenig über ihren barschen Ton und fügte freundlicher an: »Der Kalender in einem Kaufhaus und Sie standen davor …«

»Die Tür mit der 1 darauf war sperrangelweit geöffnet. Die Dunkelheit hinter der Pforte lud geradezu ein, mehr noch, sie forderte uns auf, die Schwelle zu übertreten, sie verlangte es, sie lockte, schmeichelte, versprach und einen kurzen Augenblick war da noch etwas. Sie drohte uns.«

Beim Gedanken daran fröstelte es den alten Mann.

»Die Tür drohte?«, fragte Mrs Cloud.

»Nicht die Tür, nein, die Dunkelheit dahinter, sie drohte und schimpfte. ›Ihr kommt jetzt herein, verdammt, es bleibt euch gar nichts anderes übrig‹, hallte es damals in meinem Kopf, ›ihr könnt nicht widerstehen, am Ende kann keiner widerstehen und solche Rotzlöffel wie ihr schon gar nicht. Irgendwann fliegt ihr ja doch auf mit euren billigen Tricks, also macht schon! Hier bekommt ihr alles, wovon Jungs nur träumen.‹ Fast wütend hatte sich die Stimme heraufgeschraubt in eine klirrende Höhe, wie ich sie noch nie bei einem Menschen erlebt hatte. Wenn ich vielleicht im hintersten Winkel meines Herzens mit der Möglichkeit gespielt hatte, ihr zu folgen – das mit den billigen Tricks nahm ich übel, sehr übel. Keineswegs würde ich ihr willens sein.«

Bei jedem Wort des letzten Satzes klackerten Lugosis Fingerknochen auf die hölzerne Lehne seines Ohrensessels.

»Wir waren zwar erst zwölf, aber sogar die Varietés in den größten Metropolen wollten uns auf ihren Bühnen haben«, schwärmte er. Er legte den Kopf in den Nacken und schloss die Augen. »Man hatte uns sogar einen Auftritt vor der kaiserlichen Familie versprochen und diese Stimme, die nicht mal einen Körper hatte, von der ich nicht wusste, ob sie einem Mann oder einer Frau oder gar etwas ganz anderem gehörte, sie sprach von billigen Tricks. Wir wären die größten Illusionisten und Gedankenleser des Jahrhunderts geworden, unsere Show war perfekt!

Dann flehte sie, säuselte geradezu, nahm einen lieblichen und schließlich fast jämmerlichen Ton an: ›Ich brauche euch hier drinnen, beeilt euch, bald wird die Tür wieder verschlossen, wollt ihr mir nicht helfen, die Belohnung ist unvorstellbar …‹«

Ein Hustenanfall unterbrach seine Erzählung, vielleicht war es auch die Erinnerung, die ihm nun, da er von seinem Bruder sprach, im Hals stecken blieb.

»›Nun komm schon‹, sagte mein Bruder, ›lass uns nachschauen. Es ist ein Adventskalender, es ist der 1. Dezember, beim Heiligen Nikolaus und dem Weihnachtsmann und dem Christkind, am Ersten öffnet man das Türchen mit der Eins darauf!‹ Er rief immer einen Heiligen oder einen unserer Vorfahren oder zur Not auch die Gebeine eines Pharaos um Hilfe an, wenn er genau wusste, dass wir ganz schön in die Patsche geraten konnten. ›Aber man tritt nicht in einen Adventskalender!‹, erwiderte ich.«

Die nächsten Worte konnte Mrs Cloud kaum hören, so leise hauchte der Mann sie in den kalten Raum.

»›Und sieh doch nur‹, flüsterte Boldizsár damals, wobei er die Augen ein wenig zusammenkniff und den Kopf vorreckte, wie er es immer tat, wenn er etwas genau unter die Lupe nahm.«

Nun bahnte sich eine dicke Träne den Weg über Lugosis bleiche Wange. Mrs Cloud zog ein kariertes Herrentaschentuch aus ihrem Mantel. Die robuste Haushälterin hielt nichts von Papiertaschentüchern und mit spitzebesetzten Tüchlein für Damen musste ihr erst recht niemand kommen. Lugosi tupfte die Träne damit ab und schnäuzte sich bei der Gelegenheit gleich.

»Boldizsár sah etwas hinter dem Dunkel der Tür. Seine Stimme überschlug sich fast. ›Pfeffernüsse, Zimtkringel und … oh ja, Marzipankugeln, große Marzipankugeln, so groß wie Golfbälle!‹, jubelte er, denn er liebte Marzipan über alles. ›Es ist kein gewöhnlicher Adventskalender‹, versuchte ich seine Begeisterung zu brechen. ›Welcher Adventskalender hat Türen, durch die du und ich fast aufrecht gehen können? Außerdem sehe ich nichts!‹, hielt ich dagegen, aber er lachte mich aus: ›Brüderchen, du siehst doch nie etwas!‹ – ›Es riecht auch so sonderbar‹, wollte ich noch sagen, gar nicht nach Mandeln und Zimt, und dass er mich nicht Brüderchen nennen solle, schließlich sei ich der Ältere von uns beiden, genau zwei

Minuten älter. Da jedoch war mein Bruder schon über die Schwelle getreten und im selben Augenblick in der tiefen Schwärze versunken. Die Pforte mit der 1 darauf schlug hinter ihm zu, ich glaubte, noch ein Lachen zu hören. Ich rüttelte an der Klinke, zerrte, trat gegen die Tür. Sie blieb verschlossen. Seit diesem Tag vor achtzig Jahren habe ich meinen Bruder nicht mehr gesehen.«

»Ich habe es bald bereut«, sagte der alte Glatzkopf, nachdem er Pepper erzählt hatte, wie er in den Kalender gelangt war.

In Pepper regte sich jedoch Misstrauen. Warum hatte Mister Lugosi diesen angeblichen Bruder verschwiegen? Und ein noch viel beunruhigenderer Gedanke stieg in ihm auf: Wenn die Geschichte stimmte, hatte der Kerl ihn vielleicht betrogen! Vielleicht hatte er Angelina nur als Vorwand benutzt, vielleicht hatte er Pepper überredet, den Kalender zu betreten, um ihn nach seinem eigenen Bruder suchen zu lassen.

»Mister …«

Pepper fiel es noch schwer, ihn bei seinem Namen zu nennen

»Mister Lugosi …«

»Sag Boldizsár, einfach nur Boldizsár! Ich höre den Namen so gerne. Schon lange hat mich niemand mehr damit angesprochen.«

»Herr …« Pepper musste lächeln und korrigierte sich.

Er erinnerte sich daran, wie Béla in aufgefordert hatte, das Herr wegzulassen. »Boldizsár, woher soll ich wissen, dass Sie mir die Wahrheit sagen?«

»Ich wusste, dass du diese Frage stellen würdest.«

Boldizsár zog eine der Schubladen des Regals an der Wand hinter ihm heraus und holte einen Karton aus grauer Pappe hervor. Der Deckel der Kiste lag locker auf, sodass er ihn ohne Probleme öffnen konnte. Vorsichtig fischte er ein paar lose Blätter und einen Gegenstand heraus.

Der Zettel entpuppte sich als ein schon etwas vergilbter Handzettel oder ein Zeitungsausschnitt. Das Papier war brüchig. Die altmodische Schrift kündigte für einen Tag im November des Jahres 1927 die Premiere einer großen neuen Show an. Gleich unter dem Namen einer Frau, die nur Perlenketten und ein Röckchen aus Bananen trug und wohl der Star des Abends gewesen war, wurden die Lugosi-Brüder angekündigt. Ein Bild von ihnen gab es zwar nicht, aber den Beweis dafür, dass dieser glatzköpfige alte Mann der Bruder von Mister Lugosi sein musste, fand Pepper in dem Gegenstand, den Boldizsár mit dem Ausschnitt aus dem Pappkarton genommen hatte.

Es war eine goldene Taschenuhr. Pepper holte die Uhr hervor, die Béla ihm mitgegeben hatte. Der alte Glatzkopf schlug die Hand vor den Mund. »Mein Bruder hat sie genauso gehütet wie ich!« Er öffnete seine Uhr. Sie spielte ebenfalls die zarte Melodie, die Pepper schon kannte.

»Es ist ein Lied von Miss Josephine«, Boldizsár tippte auf die fast nackte Dame mit den Bananen um die Hüften und sang: »J'ai deux amours …«, wobei er die letzte Silbe weit in die Länge zog. »Sie schenkte Béla und mir je eine dieser Uhren, weil sie uns très magnifique fand, das heißt wunderbar, ja, wunderbar!«, schwelgte er in Erinnerungen. »Ohne diese Uhr wäre vielleicht alles anders verlaufen!« Seine Stimme nahm wieder einen harten, verbitterten Ton an. »Sie hat mich vor dem Vergessen bewahrt. Der Inhalt dieses Raumes ist der größte Schatz in diesem Haus.« Er beschrieb mit dem Arm einen weiten Bogen einmal um sich herum.

In den Schränken und Schubladen lagerten die persönlichen Dinge aller Kinder, die hier lebten und gelebt hatten.

Pepper folgte der Aufforderung Boldiszárs und durchstöberte einige der Regale. Er fand Poesiealben, verwitterte Schultaschen, kleine Plüschtiere, an denen die Motten genagt hatten, Taschenmesser, Matrosenkappen, silberne und goldene Kettchen, einige mit wertvollen Medaillons daran, andere mit billigen Glasperlen. Sogar eine Mausefalle und eine Zahnspange waren dabei. Und immer wieder Zettel in allen Farben und Formen mit Wünschen darauf – hellblau, wie die Briefbögen aus der Mappe in seinem Zimmer und andere in einem zarten rosa. Vermutlich waren diese von Mädchen und die anderen von den Jungs im Haus.

»Solange ihr nur fröhlich und zufrieden seid, ist alles in bester Ordnung. Obwohl sie kalt wie ein Fisch ist und sehr grausam sein kann, braucht sie euch Kinder«, flüsterte Boldizsár. »Deshalb kann sie euch nicht gehen lassen. Wer einmal hierher gekommen ist, muss bleiben – für immer und ewig! Freiwillig lässt Morana niemanden fort. Ohne euch erfriert ihr Herz.«

Nur nach und nach verstand Pepper, was der alte Mann, der sich als Béla Lugosis Bruder ausgab, ihm eröffnete: Morana bestach die Kinder, die die Pforte des Adventskalenders überschritten. Sie erfüllte ihnen alle Wünsche, und wer wünschte sich nicht, dass alle Tage Bescherung und Weihnachtsstimmung war? Es war genau, wie der King und die anderen es vermutet hatten.

Boldizsár hatte alles, was er über Morana und das Haus wusste, schon vor Jahren in ein Heft geschrieben und versucht, es nach draußen zu schmuggeln.

»Der schwarze Kutscher ist ein alter trunksüchtiger Kerl, einfältig und grob, aber kein schlechter Bursche. Ich hatte gehofft, mit ihm nach draußen zu kommen, wenn er den Kalender zurückholt, aber es war ein Reinfall. Ich wurde erwischt und an Morana verpetzt. Das Heft hatte ich dem Kutscher in letzter Sekunde in die Hand gedrückt und ihm eingeschärft, es zu meinem Bruder zu bringen. Mein Bruder würde ihm jede Belohnung geben, die er sich wünsche. Das versprach ich ihm. Aber das ist lange her und als keine Hilfe kam, habe ich die Hoffnung aufgegeben. Warum hätte er mir auch glauben sollen.«

Jetzt fügten sich in Peppers Kopf die Dinge zusammen. Das Heft, das Lugosi ihm gezeigt hatte!

»Benjamin?«, fragte er. »Benjamin Loane?«

Boldizsár nickte begeistert. »Das bin ich. Wir haben den Namen Lugosi nur für die Bühnenshows genutzt.«

Pepper erzählte ihm, dass das Heft doch den Weg zu seinem Bruder gefunden hatte. Es hatte wohl einige Jahre gedauert. Vermutlich hatte der Kutscher es nie abgeliefert, sondern einfach irgendwo weggeworfen und jemand hatte es gefunden und aufbewahrt.

Boldizsár strahlte übers ganze Gesicht. »Ja! Benjamin, das bin ich und Béla heißt eigentlich Bob. Aus den hungrigen Waisenjungen Bob und Ben Loane wurden Béla und Boldizsár Lugosi – die Gedanken lesenden Zwillinge.«

Der Zweifel an Boldiszárs Fähigkeit, Gedanken zu lesen, schien Pepper auf die Stirn geschrieben zu stehen.

»Du glaubst mir nicht?«, fragte der Mann prompt.

Pepper schüttelte den Kopf. »Nein.«

»In Ordnung.«

Ben oder Boldizsár – Pepper wusste kaum noch, wie er den Glatzkopf nennen sollte – zog die Augenbrauen weit in die Höhe, was seine Haut in noch mehr Falten legte. Es war ganz und gar nicht in Ordnung, wenn jemand seine Fähigkeiten anzweifelte, das stand ihm auf die knittrige Stirn geschrieben.

»Und wenn ich dir sage, dass der Weg genau 97 Minuten nach Norden und dann immer streng nach Nordnordost geht?«

Pepper schüttelte wieder den Kopf. Der Kutscher konnte es ihm verraten haben. Das war noch kein Beweis, dass Boldizsár Gedanken lesen konnte.

»Nein, der Kutscher ist versoffen, aber ein Idiot ist er nicht!«, sagte Boldizsár.

Nun weiteten sich Peppers Augen, denn er hatte nichts von dem Kutscher gesagt.

»Denk an den Tag, als du in den Kalender getreten bist. Denk nur an den Tag, denk an nichts anderes, denk nur an den 1. Dezember.«

Boldizsár war aufgesprungen. Er umrundete den Tisch mit erstaunlicher Leichtigkeit, als beflügele ihn die Tatsache, eine kleine Vorstellung geben zu können. Er bedeckte seine Augen mit den Händen.

»Nicht so schnell! Papier, blaues Papier … eine Frau, eine Frau, nein, nein«, verbesserte er sich, »eine Wolke, ah – Mrs Cloud?! Sie geht zum Bingospielen. Und eine Nachricht, eine gute Nachricht. Ich bin etwas aus der Übung, ich bitte um Verzeihung, eine gute Nachricht.«

Er hatte den Blick gesenkt. Unter den Lidern wanderten die Augäpfel hin und her. Es schien, als folge er wirklich Bildern, die sich im Dunkel seiner eigenen Gedanken abspielten. »Weihnachten kommt Mum zurück!«, sagte er schließlich.

»Stopp«, schrie Pepper. Es gefiel ihm überhaupt nicht, dass jemand in seinem Kopf herumkramte.

»Scht!«, zischte Boldizsár. »Nicht so laut!«

Für ein paar Sekunden herrschte vollkommene Stille. Beide lauschten, ob jemand etwas mitbekommen hatte, ob Schritte zu hören waren oder das Klingen der Glocken, wenn Lucilla nahte. Es blieb ruhig.

Endlich stellte Pepper die Frage, die ihm wirklich unter den Nägeln brannte: »Warum laufen nicht alle weg?«

Er schüttelte verständnislos den Kopf, aber gleichzeitig dachte er auch daran, wie schwer es war, sich in der Dunkelheit zu orientieren. Ganz zu schweigen von den bestialischen Wölfen, die jedem Kind Angst machen mussten.

»Es wurde gemunkelt, dass immer wieder ein mutiges Mädchen oder ein verzweifelter Junge es versucht hätten, aber das stimmt nicht. Für normale Menschen gibt es keinen Weg hinaus, jedenfalls keinen, den deine Füße gehen können. Jedes Kind weiß das! Oder hast du je geglaubt, das Christkind stiefele durch die verschneiten Straßen?«

Pepper schüttelte den Kopf.

»Ja, das ist eines der Rätsel, hinter die wir nie kommen werden, und das ist auch gut so.« Das Lächeln, das bei diesen Worten über sein faltiges Gesicht gehuscht war, verflüchtigte sich sofort wieder, als er weitersprach. »Anfangs will sowieso fast niemand zurück. In den ersten Wochen ist das alles hier doch ein wunderschönes Märchenland. Morana betäubt alle mit ihren Geschenken und Weihnachten hier, Baumschmuck da, Krippe bauen und all dem. In der Nacht des 24. legt sie dann den Schleier des Vergessens über alle. Es wird ein langer Schlaf und ihr wacht erst am 1. Dezember des darauffolgenden Jahrs wieder auf – und könnt euch an nichts mehr erinnern. Die Zeit bleibt stehen. Es ist eine ewige Kindheit«, seufzte Boldizsár und fast schien es, als sehnte er sich genau nach dieser Kindheit zurück. »Nur wenige behalten etwas im Herzen, das sie an ihre alte Heimat erinnert, eine kleine Flamme, die auch nach dem langen Schlaf nicht erloschen ist. So wie der King und Babette und Maroun. Du bist ebenfalls ein solcher Kandidat, ich bin mir sicher.«

Der letzte Satz des alten Mannes klang für Pepper keineswegs gut. Fast schien es, als sei es ganz und gar nicht gut, *ein solcher Kandidat* zu sein.

»Um ganz sicherzugehen, nimmt Morana euch nach und nach alle persönlichen Dinge ab, bis nichts mehr übrig ist, was euch an euer Zuhause erinnern könnte.«

»Warum sind Sie denn so …«, Pepper überlegte einen kurzen Moment, ob seine Frage vielleicht sehr unhöflich sein könnte, dann stellte er sie jedoch: » … alt?«

Die Antwort kam nach einer langen Pause. Man brauchte kein Gedankenleser zu sein, um zu wissen, dass Boldizsár sie nicht gerne aussprach.

»Ich war im dunklen Raum!«, wisperte er. »Wie alle Glatzköpfe.« Es klang wie eine Entschuldigung, als er hinzufügte: »Glaub nicht, ich hätte schnell aufgegeben, nein! Lange habe ich durchgehalten. Jahr für Jahr habe ich ihr etwas vorgespielt, ich war ein Musterbeispiel, geradezu ein Weihnachtsengel, aber irgendwann hat mich das Heimweh so gepackt. Ich hielt es nicht mehr aus.«

»Der dunkle Raum? Niemand kehrt aus dem dunklen Raum zurück!« Er erinnerte sich daran, welch panische Angst in Babettes Augen geflackert hatte, als der King vom dunklen Raum erzählt hatte.

»Oh doch, du kommst zurück.« Bitterkeit schwappte durch die Worte Boldizsárs. »Als alter runzliger Glatzkopf, der auf ewig verpflichtet ist, Morana zu dienen. Das ist noch schlimmer als alle Gruselgeschichten, die über den dunklen Raum erzählt werden. Du hast sogar das Recht, den dunklen Raum zu betreten, du kannst es einfordern und sie muss es dir gewähren. Dort befindet sich die Pforte, durch die allein ihr wieder aus dem Kalender hinauskommt. Aber sie öffnet sich nur, wenn du die Aufgabe am Heiligen Abend bestehst. Dann kannst du gehen, die Tür öffnet sich für dich.«

»Welche Aufgabe?« Pepper konnte kaum an sich halten. Er war aufgesprungen und hatte Boldizsár am Kragen gepackt.

Sein Stuhl fiel krachend nach hinten und stieß gegen das Kaminbesteck. Das Scheppern des Feuerhakens, der auf den Kohleneimer aus gehämmertem Kupfer stürzte, erfüllte den Raum mit einem Donnerschlag, als entlade sich ein Gewitter direkt über ihnen. Nur ein paar Sekunden später waren schon aufgeregte Stimmen im Flur zu hören. Morana blaffte jemanden zornig an. Pepper erkannte Herrn von Kramps vernuschelten Bass.

»Junge, was hast du getan?«, schimpfte Boldizsár. »Es ist strengstens verboten, diesen Raum zu betreten.« Er stemmte beide Hände auf den Tisch, drückte sich auf und ging schnell zur Tür. Den Stuhl, auf dem er gesessen hatte, zog er hinter sich her, um ihn mit der Lehne unter die Klinke zu klemmen. Im selben Augenblick versuchte von draußen jemand, diese hinunterzudrücken.

Boldizsár hatte sich umgedreht und gegen die Tür gelehnt. Das Pochen und die Aufforderungen, sofort zu öffnen, wurden immer lauter.

»Du musst mir nun genau zuhören, Jeremias W. Pepperfield!«, schnaufte der Glatzkopf. »Der Weg nach draußen ist in euren Herzen vorgezeichnet. Er ist einfach und zugleich schwierig, denn er muss aus euch selbst kommen. Kein Kutscher, kein Schlitten wird euch helfen. Das war auch mein Irrtum.« Während er sprach, zerrte Boldizsár den Jungen auf die kurze Seite des Zimmers, an der ein Gemälde hing, von dem Moranas Abbild hinunterblickte.

»Du kannst deine Schwester und dich retten. Am 24. Dezember, nicht vorher und nicht später. Hörst du, was ich sage?«

Er hatte Pepper an den Schultern gepackt und bei jedem Wort geschüttelt. Pepper hörte die Sätze des alten Mannes, aber sie kamen nicht wirklich in seinem Kopf an. Er riss sich zusammen.

»Am 24. Dezember, okay«, murmelte er. »Was soll ich tun?«, fragte er dann entschlossen.

»Du musst in den dunklen Raum gehen und das tun, was alle Kinder zu Weihnachten tun, auch wenn du eigentlich schon zu alt dafür bist!«

Pepper starrte Boldizsár verständnislos an.

»Ich darf dir nicht mehr sagen, mein Junge! Sobald ich es ausgesprochen habe, verlierst du die Kraft. Es muss ganz aus deinem Herzen kommen. Im dunklen Raum ist das 24. Türchen, der einzige Ausgang.«

Durch den Flur schallten laute Stimmen. Jemand schimpfte. Etwas polterte, erneut waren wütende Schreie zu hören. Eine Axt zertrümmerte das Türblatt. Boldizsárs Augen weiteten sich. Schnell zog er die untere linke Ecke des mächtigen goldenen Bilderrahmens ein wenig hervor. Mit einem sanften Klicken ruckte das Gemälde und öffnete sich einen Spaltbreit, den der Glatzkopf weiter aufzog. Ein muffiger Geruch schlug Pepper aus dem Gang, der dahinterlag, entgegen.

»Hinein mit dir«, zischte Boldizsár und gab Pepper einen Stoß. »Das ganze Haus ist durchzogen von solchen Geheimgängen. Hüte dich, die falsche Tür zu öffnen, sonst stehst du plötzlich in Moranas Schlafzimmer.«

Er erklärte Pepper, wie er den schnellsten Weg zurück fand.

»Morana wird nun gewarnt sein und euch nicht mehr aus dem Auge lassen. Spielt das Spiel bis zum 24. mit. Ihr habt eine Möglichkeit, sie zu überwältigen, aber das bringt euch nicht aus diesem Haus! Wenn ihr …«

Boldizsár konnte den Satz nicht vollenden. Krachend gab die Tür ihren Widerstand auf.

»Hinter der dritten Tür im zweiten Gang von hier aus findest du Angelina«, flüsterte er noch und drückte das Gemälde an die Wand. Mit einem erneuten Klicken verschloss sich der Geheimgang.

Nur durch ein Loch ungefähr auf halber Höhe des Bildes fiel ein Lichtstrahl in die Dunkelheit. Pepper presste sofort sein Auge darauf.

»Du bist mir einige Erklärungen schuldig«, klirrte Moranas kalte Stimme durch das kleine Zimmer.

Einen schmalen Streifen des Zimmers konnte Pepper sehen, allerdings verdeckte Boldizsárs haarloser Kopf den Blick in den Raum.

Als Boldizsár sich vor Morana verbeugte, sah Pepper, wie sie auf das Gemälde zuschritt. Er hielt den Atem an. Sie war zum Greifen nah. Die staubige Luft des selten benutzten Ganges zog Pepper durch die Nase.

»Du weißt, dass es strengstens verboten ist, diesen Teil des Hauses zu betreten?« Morana wartete keine Antwort ab. »Du weißt es ganz genau, besser als jeder andere, und du missachtest doch meine Anordnungen?«

Herr von Kramp packte den alten Glatzkopf unsanft am Arm, um ihn hinauszubugsieren.

Boldizsár ging freiwillig zur Tür. Dort blieb er stehen.

»Die Kinder werden dir irgendwann auf die Schliche kommen. Sie werden verstehen, wie gering deine Macht doch eigentlich ist!«

Morana lachte schrill auf. »Die größte Macht ist die, die dir die anderen geben.«

»Schon bald werden ihre Tränen dich fortschwemmen. Hörst du?« Boldizsár erhob noch einmal seine Stimme und betonte jede Silbe: »Die Tränen der Kinder werden dich hinwegspülen. Sie werden herausfinden, dass sie sich nur durch die Kraft ihrer Wünsche befreien können. Durch die Kraft ihrer WÜNSCHE.«

Pepper wäre am liebsten durch das Bild gesprungen,

um Boldizsár zu fragen, was das bedeutete. Er hatte genau verstanden, dass der alte Glatzkopf ihm noch etwas mitteilen wollte. Seine Worte waren ein Hinweis, aber was wollte er damit sagen?

»Ich spürte es schon damals, als du versucht hast, dich aus dem Staub zu machen: Wir würden noch einmal Ärger miteinander bekommen.«

Morana versuchte einen bedauernden Ton in ihre Stimme zu legen, aber schon im folgenden Satz klang die kalte Wut, die sie quälte, wieder durch.

»Noch einmal kann ich leider nicht Gnade walten lassen. Bring ihn weg«, herrschte sie von Kramp an.

Boldizsár wehrte sich, ein kurzes Gerangel schien sich jetzt an der Tür abzuspielen, aber er war schnell überwältigt und im festen Griff des Gehörnten. Er schleppte ihn fort.

»Repariert sofort die Tür«, befahl Morana.

Béla und sein Hund Homer genossen die Anwesenheit von Mrs Cloud. Obwohl die Dame sowohl dem alten Mann als auch seinem Hund zunächst einen gehörigen Schreck eingejagt hatte, kamen ihnen die Stärken der Haushälterin zugute. Lediglich das Vollbad, zu dem sie Homer gezwungen hatte, hatte zu einer kleinen Auseinandersetzung zwischen der Bulldogge und Agatha geführt. Am Ende hatte Homer aufgegeben und sich an den Geruch der Kernseife, mit der die Frau ihn eingeschäumt hatte, gewöhnt.

Lugosi hatte sich darauf eingestellt, bis auf Weiteres von den vorsorglich angelegten Vorräten in Form von Konservendosen unterschiedlichsten Inhalts zu leben, um das Haus auf keinen Fall verlassen zu müssen. Das war auch im Prinzip die richtige Entscheidung gewesen, denn der schwarze Kutscher machte noch drei weitere Versuche, den Adventskalender in seinen Besitz zu bringen.

Es stellte sich heraus, dass Agatha Cloud sogar aus dem Inhalt der Konservendosen, die Lugosi einfach nur erwärmt und ausgelöffelt hätte, fast schon köstliche Menüs zu zaubern verstand. Eine wirkliche Überraschung war jedoch die Entschlossenheit und Wehrhaftigkeit gewesen, mit der die Dame die Verteidigung der Festung, wie sie den Laden nannte, übernommen hatte.

Beim letzten Angriff hatte Béla Lugosi nur mit Mühe und Not verhindern können, dass Mrs Cloud dem Schlitten des Kutschers gefolgt war, um noch ein paar gezielte Schüsse aus der Winchester hinterherzufeuern. Trotz allem war jedoch der Zweifel in Mrs Cloud nicht zu zerstreuen gewesen. Am Vorabend des Nikolaustages war es fast zur Katastrophe gekommen.

Nach dem gemeinsamen Abendessen, das aus Ravioli mit grünen Bohnen und Corned Beef mit Senfsoße bestanden hatte, setzte Mrs Cloud sich mit einer Tasse Tee zum wiederholten Mal an Lugosis Schreibtisch und studierte die Dokumente, die der Mann über den Adventskalender gesammelt hatte. Sie konnte sich nicht damit abfinden, dass ihr nichts anderes blieb, als auf ein Zeichen von Pepper zu warten. Der traurige Brief des Kindermädchens, die Zeitungsausschnitte, die Briefwechsel mit Eltern und Freunden der verschwundenen Kinder – sie hatte alles bereits mehrmals gelesen, gedreht und gewendet, aber keine Antwort gefunden auf die wichtigste Frage: Warum Kinder in einem Adventskalender verschwanden.

Sie hasste es, wenn man ihr Dinge und Antworten, die sie etwas angingen, vorenthielt, und diese Sache ging sie ganz entschieden etwas an. Niemand durfte so mir nichts, dir nichts einen Jungen verschwinden lassen, der Agatha Cloud anvertraut worden war.

»Warum, warum, warum, zum Teufel?«, rief sie voller Ärger und Verzweiflung aus.

»Der wird Ihnen diese Frage nicht beantworten, werte Mrs Cloud.«

»Dann zum Teufel …«

Mrs Cloud wollte *Dann zum Teufel mit ihm!* sagen, aber ihr fiel auf, dass man den Teufel nicht zum Teufel schicken konnte. Und ihr fiel ebenfalls auf, dass die Stimme, die sie gerade gehört hatte, nicht Béla Lugosis Stimme war. Erstens schlief der Ladenbesitzer mit Homer auf dem Schoß in seinem Ohrensessel neben dem Ofen, zweitens kam die Stimme aus der dunkelsten Ecke des Ladens und drittens war es eine Stimme, die sie nie zuvor gehört hatte.

Ohne sich zu besinnen, riss Agatha Cloud die Flinte, die immer griffbereit in ihrer Nähe stand, an sich. Entsichern, zielen, abdrücken waren eine einzige Bewegung. Der Schuss donnerte durch den Raum. Homer verschwand jaulend unter einem Schrank, rannte dabei jedoch einen Messingständer mit einer Auswahl von antiken Gehstöcken um. Béla Lugosi schrie auf und warf sich Agatha in den Arm, sodass der zweite Schuss in die Decke ging und dort einen ordentlichen Teil der Stuckverzierungen zerbröselte.

Nur die junge Frau, die nicht aus dem Schutz der dunklen Ecke trat, blieb ganz ruhig. »Vielleicht kann ich Ihnen die Frage beantworten, Agatha. Ich darf doch Agatha sagen?«

»Wie sind Sie hier hereingekommen?«, schnaufte Mrs Cloud und befreite sich aus Mister Lugosis Umarmung. Sie setzte den Mann, der sich an ihr und dem Gewehr festklammerte, behutsam in den Sessel.

»Das fragen sich jedes Jahr so viele«, sagte die junge Frau mit einem Lächeln, »aber dieses Geheimnis werde ich nicht lüften.«

Obwohl Mrs Cloud gerade noch versucht hatte, den überraschenden Gast mit einer 1883er Winchester umzulegen, bot sie jetzt mit aller Freundlichkeit eine Tasse Tee an. Sie entschuldigte sich, dass sie keine Kekse oder Sandwichs dazu reichen konnte, störte sich nicht daran, dass die junge Frau nicht ins Licht treten wollte, und fragte dann: »Also: warum?«

Das *zum Teufel* sparte Agatha sich dieses Mal, denn sie ahnte schon, dass sie es mit jemandem zu tun hatte, in dessen Gegenwart man besser nicht die Mächte der Dunkelheit beschwor.

Nach ein paar Minuten hatten sich Peppers Augen an die Dunkelheit gewöhnt. Er tastete sich durch den schmalen Gang, dessen Wände aus unverputzten Mauern bestanden. Ein Quieken erschreckte ihn. Er wusste nicht, ob es aus einem der Zimmer, an denen er sich im Verborgenen entlangbewegte, kam. Vielleicht war es auch eine Ratte. Pepper verdrängte den Gedanken an die ekligen Nager sofort. Er wollte nicht wissen, was hier alles um seine Füße huschen konnte.

Er konzentrierte sich darauf, die Türen abzuzählen, die nur durch den Lichtpunkt zu entdecken waren, den die kleinen Gucklöcher in das schwarze Einerlei seines Weges warfen. Einige davon waren sehr schwach, weil wahrscheinlich im Zimmer dahinter kein Licht brannte.

Als er die dritte Tür im zweiten Gang erreichte, atmete er noch einmal tief ein und aus. Das Guckloch strahlte hell, heller als die anderen bisher, bildete Pepper sich ein. Vielleicht war es aber auch nur die Spannung darauf, was er einen Moment später zu sehen bekäme. Das Bild seiner Schwester war ihm nie aus dem Kopf gegangen. Er hatte Angelina in seinen Erinnerungen oft vor seinem geistigen Auge gesehen: meistens mit der Geige am Kinn, aber auch wie sie lachte und dabei ihre Zahnlücke zeigte, während sie Pepper auf der Schaukel anschob oder beim Abendbrot, wenn sie mit gierigen Schlucken ein ganzes Glas Zitronenlimonade in fast einem Zug austrank.

Pepper näherte sich ganz langsam dem Guckloch. Jemand heimlich zu beobachten, durchs Schlüsselloch oder versteckt hinter einem der bodentiefen Vorhänge im Wohnzimmer, hatte ihre Mutter ihnen streng verboten, aber er musste sich vergewissern, ob Angelina alleine im Raum war.

Beim ersten Blick wurde Pepper enttäuscht. Nichts war zu sehen. Nur ein ähnlich schmaler Ausschnitt von einem Zimmer, wie wenige Minuten vorher, als Boldizsár von Moranas Leuten weggeführt wurde. Ganz links war der Eckpfosten eines Bettes zu erkennen. Pepper verbog den Kopf, um ein bisschen mehr sehen zu können, aber sein Blickwinkel verlagerte sich nur unwesentlich in die gewünschte Richtung.

Es reichte jedoch aus, um einen Fuß zu entdecken, der unter der schweren Bettdecke hervorlugte. Er steckte in dicken Wollsocken. Pepper wusste sofort, zu wem der Fuß gehören musste. Niemand, den er kannte, musste nachts dicke Winterstrümpfe, am besten zwei Paar übereinander, tragen – außer seiner Schwester Angelina.

Der Fuß bewegte sich plötzlich und verschwand aus Peppers Blickfeld. Das Rascheln der Bettdecke war zu hören und dann sah er sie. Zum ersten Mal nach über sechs Jahren. Die Freude brandete wie eine heiße Welle durch seinen ganzen Körper, gleichzeitig erschreckte ihn aber auch, was er sah. Früher war sie seine große Schwester gewesen. Jetzt hätte sie eigentlich schon fast eine junge Dame sein müssen.

Das Mädchen, das durch das Zimmer zu einem Notenständer ging und nach einer Geige griff, war immer noch seine große Schwester von damals. Sie hatte sich kaum verändert! Die Zeit war an ihr vorbeigegangen, keinen Tag älter war sie geworden. Boldizsár hatte recht gehabt. In dieser Welt gingen die Uhren anders.

Pepper zögerte. Er musste sich zuerst beruhigen, seine Aufregung bekämpfen. Angelina würde einen Heidenschreck bekommen, wenn plötzlich jemand durch eine Tür, von deren Existenz sie nichts ahnte, ins Zimmer trat und dieser jemand große Ähnlichkeit mit ihrem kleinen Bruder hatte.

Sie hielt die Geige noch in der Hand und spielte lautlos darauf. Das hatte sie früher auch getan, wenn ihr während der Mittagsruhe eine Idee für ein Musikstück in den Kopf geschossen war. Ohne die Saiten mit dem Bogen zu berühren spielte sie unhörbar ein paar Takte, aber Pepper wusste, dass sie in ihrem Kopf die Töne hörte. Das innige Strahlen in ihrer Miene verriet, wie weit sie sich in ihrem Inneren mithilfe der Musik aus der Welt stehlen konnte.

Peppers Hände tasteten die Wand vor sich ab. Statt der rohen Ziegelsteine spürte er die Oberfläche einer Spanholzplatte. Er fand nicht auf Anhieb den Hebel, der den Verschluss öffnete, als er ihn jedoch endlich mit den Fingern umfasste, ging alles ganz schnell. Das Klicken, die aufspringende Tür, Angelinas erstaunter Blick, Peppers Sprung ins Zimmer – alles folgte in Sekundenschnelle.

»Angelina«, stieß Pepper mit gedrückter Stimme aus, legte den Zeigefinger auf die Lippen und stürmte auf das Mädchen mit der Geige zu.

»Pepper?«, fragte sie. Ihre braunen Augen füllten sich augenblicklich mit Tränen. Sie hatte ihren Bruder sofort erkannt. »Du bist aber groß geworden«, brachte sie noch hervor.

Dann lagen sich die Geschwister auch schon in den Armen, und Pepper hatte ein Gefühl, als seien sie nie voneinander getrennt gewesen. Er holte kaum Luft zwischen den Sätzen, als er seiner Schwester erzählte, was seit ihrem Verschwinden passiert war, vom Umzug in die Nähe der Mondsee-Klinik, von Mrs Cloud, von dem Ärger mit Roy Sattler oder der Sache mit der Katze Mopsi und zum Schluss auch von Mister Lugosi, dem Laden, Homer und dem Kalender. Den Aufenthaltsort ihrer Mutter verschwieg er.

Auf Angelinas Frage, warum es eine Haushälterin gebe, erwiderte Pepper mit einem ein wenig gekünstelten Lachen: »Jungs machen eben mit jedem Zentimeter, den sie wachsen, mehr Arbeit und Dreck – behauptet Mum.«

»Jeremias W. Pepperfield, du kannst deiner älteren Schwester nichts vormachen: Du lügst! Was hat es mit dieser Mrs Cloud auf sich?«

Diese Gabe musste Angelina von ihrer Mutter geerbt haben. Sie durchschaute ihren kleinen Bruder genauso wie diese. Peppers wahrheitsgemäße Antwort hörte Angelina sich mit versteinertem Gesicht an. Ihre Augen brannten. Sie war so erschüttert darüber, was ihr Verschwinden aus Gwendoline Pepperfield gemacht hatte, dass sie nicht einmal weinen konnte.

»Sie spielt überhaupt nicht mehr auf der Geige?« Nach einer weiteren Pause fügte sie hinzu: »Nur weil ich so schrecklich neugierig war!«

Pepper schlang beide Arme um seine Schwester. »Quatsch, der Kalender ist eine Falle, du warst zur falschen Zeit am falschen Ort.«

»Als ich die Tür öffnete, in dem Laden, bei diesem sonderbaren Mann …«

»Mister Lugosi«, sagte Pepper.

»Ich kannte seinen Namen nicht. Ich hatte die Notenmappe gesehen und musste sie unbedingt haben. Er ging weg und ich wollte nur einen kleinen Blick in den Adventskalender werfen, weil ich hinter der Tür Musik hörte, eine Stimme, ein Lied von so unglaublicher Schönheit …«

Den Rest kannte Pepper. Alles, was Angelina ihm berichtete, hörte sich an, als seien es seine Erlebnisse der letzten Tage gewesen. Mit einem Unterschied: »Ich musste fast jeden Tag für Morana spielen. Sie ist verliebt in meine Musik, manchmal lächelt sie sogar.«

Pepper erinnerte sich daran, was über seine Schwester und ihr Geigenspiel gesagt wurde. Sie könne Steine erweichen, nichts rühre die Herzen der Menschen so wie die Töne, die Angelina dem Instrument entlockte, ihre Musik gehe ohne Umweg direkt ins Herz.

»Die anderen dachten, sie hätte dich in den dunklen Raum geschickt!«

»Sie hat mir damit gedroht. Seit ich mich weigere, für

sie zu spielen, hält sie mich hier fest. Irgendwann werde ich schon zur Vernunft kommen, hat sie gesagt.«

Jemand klopfte an die Tür.

Beide Geschwister zuckten zusammen. Sie bemerkten erst jetzt, dass sie Stunden miteinander geredet hatten.

»Das ist einer der Glatzköpfe mit dem Frühstück. Morana platzt einfach ins Zimmer, aber ihre Diener sind ganz in Ordnung«, flüsterte Angelina und laut rief sie: »Moment, bin gleich so weit!«

»Ich komme wieder«, raunte Pepper ihr ins Ohr. »Ich weiß, wie wir zu Mum zurückkommen.«

Ein zweites, schon etwas ungeduldiges Pochen trieb Pepper an.

»Spiel wieder für Morana, tu so, als hättest du es dir anders überlegt.«

Ohne Angelinas Antwort abzuwarten, schlüpfte er durch die Pforte in den geheimen Gang. Seine Schwester verschloss die Tür und rief: »Herein!«

Eine Flut der Tränen

Pepper brauchte eine geraume Zeit, bis er den Rückweg gefunden hatte. In der Küche wurde er fast erwischt, als er in den Speiseaufzug kletterte. Die Frühstücksvorbereitungen hatten schon begonnen. Die Köche und Küchenhilfen waren jedoch so mit ihrer Arbeit beschäftigt, dass Pepper einen unbeobachteten Moment nutzen konnte, um blitzschnell aus seinem Versteck hinter einem Geschirrschrank in die schmale Öffnung in der Wand zu flitzen.

Als sich die Kabine in Bewegung setzte, schaute zwar der Küchenmeister von dem Bottich mit sämigem Pfannkuchenteig auf, aber Pepper war bereits verschwunden. Schließlich schaffte er es noch vor dem munteren Treiben, mit dem auch dieser Tag wieder begann, zurück in die große Halle zu gelangen.

Die anderen Bewohner des Hauses befanden sich noch im Bett oder in den Waschräumen, aus denen der ein oder andere Ruf hinunterdrang, wenn einer der älteren Jungen alle anderen mit Wasser bespritzte oder einer mit einem nassen Handtuch den anderen an die nackten Beine klatschte.

Rund um den Kamin stand eine ganze Schar von Stiefeln und Pantoffeln. Schon wieder!, dachte Pepper. Morana verordnete den Nikolaustag, so oft und wann sie Lust hatte. Aus Schuhen schauten Geschenkpackungen hervor, manche so groß, dass sie kaum hineinpassten. Davor wartete jeweils eine große bunte Papiertüte, die fast überquoll vor Schokolade, Nüssen und Gebäck.

»Wie siehst du denn aus?«, hörte Pepper plötzlich jemand fragen. Es war der King.

Mit ihm war die ganze Schar der Kinder in die Halle geströmt. Zielsicher steuerte ein jeder seinen Schuh an. In Sekundenschnelle hatte sich der Raum in ein einziges Gewühl von Schleifen und Geschenkpapier, aus dem die Nikolaus-Gaben hektisch enthüllt wurden, verwandelt. Nur der King stand neben Pepper und zupfte an dessen Klamotten, in denen noch immer Kohlenstaub, Spinnweben aus dem Geheimgang und ein paar Mörtelreste hingen.

»Dein Gesicht ist ganz schwarz und deine Augen sind ganz rot. Bist du in den Kamin gefallen?«

Pepper nutzte das Durcheinander rundherum, um dem King von den Ereignissen der Nacht zu erzählen.

»Ich wäre doch besser mitgegangen«, murrte dieser, aber er sah ein, dass zu zweit oder gar zu dritt oder viert die Gefahr entdeckt zu werden noch größer gewesen wäre. »Und was tun wir nun?«, fragte der King.

Auf diese Frage hatte Pepper keine Antwort.

»Abwarten und Tee trinken«, hätte Pepper am liebsten gesagt, denn das war Mrs Clouds wichtigstes Motto, an welches sie sich jedoch selbst selten hielt.

Zuallererst musste er seine schmutzigen Klamotten loswerden und sich waschen.

Als er danach wieder in die Halle hinabging, erwartete ihn Morana dort. Pepper erstarrte bei ihrem Anblick. Sie stand neben dem großen Kamin, der von zwei Glatzköpfen mit immer neuen Holzstücken befeuert wurde. Trotz der brütenden Hitze rückte Morana so nah, wie es gefahrlos möglich war, an die Feuerstelle heran. Sie rieb sich die Hände, die auch heute in Handschuhen steckten.

Der Versuch, einfach eilig an ihr vorbei in den Speisesaal zu laufen, misslang. Morana klatschte in die Hände und forderte Pepper auf, zu ihr zu kommen. Pepper hatte die Hand schon auf der Klinke. Er zog sie langsam zurück und drehte sich dann mit einem etwas zu fröhlichen »Guten Morgen!« zu ihr um.

»Du hast keinen Stiefel aufgestellt, mein Kind?!«

Im ersten Moment wusste Pepper nicht, was sie meinte. Er hatte einige andere Fragen erwartet. Im Kopf hatte er schon an der Geschichte gefeilt, die er Morana erzählen wollte. Vielleicht hatte ihn irgendwer gesehen, übermüdet und verdreckt, wie er gewesen war. Oder sie hatte Boldizsár so lange ausgequetscht, bis er ihr alles verraten hatte!

»Du warst wohl ein böser Junge?«, tadelte Morana ihn in einem betont reizenden Ton.

Pepper war sich ziemlich sicher, dass sie sich über ihn lustig machte, sich daran weiden wollte, wie er sich fürchtete, um ihn dann von den Glatzköpfen abführen zu lassen. Nichts davon passierte. Morana brachte nur ihr Bedauern darüber zum Ausdruck, dass er diese Chance für ein schönes Geschenk verpasst habe, aber die Regeln seien nun mal nicht von ihr gemacht. Daran halten müsse er sich trotzdem.

»Wer seinen Schuh nicht aufstellt, bekommt auch nichts vom Nikolaus, so war es schon immer. Beim nächsten Mal denkst du daran, nicht wahr?«, feuerte sie Pepper an, um ihn dann ohne ein weiteres Wort allein zu lassen.

In den nächsten Tagen wuchs der weihnachtliche Trubel im Haus ständig an. Pepper konnte dem Treiben kaum noch folgen, weil er sich nachts auf den komplizierten und gefährlichen Weg zu Angelina machte. Mehrmals wurde er fast erwischt, aber Pepper ging jedes Risiko ein, um sie zu sehen.

Er hatte den anderen Boldizsárs Worte, vor allem die letzten, bevor er weggebracht worden war, Silbe für Silbe wiedergegeben, aber niemand konnte sich einen vernünftigen Reim darauf machen.

Mit Angelina saß er zusammen und erzählte von all der Zeit, die ihr mit Mum und Dad und ihm entgangen war. Sie durchstöberten das Archiv mit den Unterlagen und Gegenständen, die dort gesammelt worden waren. Von jedem der Kinder im Haus fanden sich Erinnerungsstücke an ihre Vergangenheit.

Tagsüber fiel es Pepper schwer, mit den anderen an den Vorbereitungen zum Weihnachtsfest zu arbeiten. Meistens konnte er gerade so die Augen offen halten. Morana begegnete er kaum noch, seit seine Schwester wieder für sie auf der Geige spielte.

Einen Tag vor Weihnachten machte Pepper eine Entdeckung: Ein neues Kästchen stand auf dem Tisch im Raum der Erinnerungen. Als er es öffnete, schimmerte darin ein Kettchen mit einem ovalen Anhänger, den man öffnen konnte. In ihm befand sich ein getrocknetes Edelweiß. Pepper wunderte sich. Er glaubte, das Schmuckstück noch vor Kurzem an Babettes Hals gesehen zu haben. Vielleicht freute Babette sich, wenn er ihr die Kette und das Medaillon mitbringen würde? Er grübelte eine Weile darüber nach, ob er es tun sollte, dann steckte er den Schmuck in die Hosentasche. Ansonsten legte er alles wieder genauso hin, wie er es vorgefunden hatte. Darauf achtete er aus Angst, jemand könnte ihm auf die Schliche kommen, bei jedem seiner Besuche peinlich genau.

Am Morgen des 24. Dezembers fragte Pepper Babette kurz vor dem Frühstück, ob sie nicht ihre Kette vermisse. Zu seinem Erstaunen verneinte sie, mehr noch: Es schien, als erinnere sie sich überhaupt nicht an das Medaillon, das sie sonst oft gedankenverloren mit der Hand umschlossen hatte. Bevor er es aus der Tasche ziehen und ihr zeigen konnte, hatte Babette sich schon mit ein paar anderen Mädchen an einen der hinteren Tische verzogen.

Pepper beobachtete sie während der Mahlzeit.

»Merkst du es auch?«, fragte der King ihn, der heute gegenüber von Pepper saß. Maroun hatte einen Platz neben Pepper gefunden.

Pepper zuckte die Achseln. »Was?«, fragte er, um sich dann aber sofort an seinen anderen Tischnachbarn zu wenden und über irgendetwas zu plaudern.

Die Jungen hatten gelernt, ihre Gespräche inmitten der anderen Kinder und umgeben von den Glatzköpfen so zu führen, dass kein Mensch darauf gekommen wäre, worüber sie redeten. Sobald sie die Köpfe auffällig zusammengesteckt hätten, wäre sofort jemand darauf aufmerksam geworden. Wenn sie aber nur einzelne Sätze und Fragen zwischen die Zeilen eines Weihnachtsgedichts oder in die Diskussion darüber, wie der große Baum in der Halle zum zigsten Mal geschmückt wurde, warfen, merkte niemand etwas.

»Sie vergisst«, beantwortete Maroun die Frage.

»Gibst du mir bitte die Milch, Norman?«, fragte er im selben Atemzug seinen pausbackigen Nachbarn zu seiner Rechten.

»Wir schnitzen heute Schafe für die Krippe«, sprudelte Norman hervor. Vor lauter Begeisterung reichte er den Milchkrug mit so viel Schwung über den Tisch, dass er überschwappte. Die weiße Flüssigkeit ergoss sich auf Marouns Hose, bekleckerte Peppers Hemd und selbst der King bekam noch ein paar wenige Spritzer ab.

»Dämlicher Idiot!«, brach es aus Maroun hervor. Er sprang auf, schubste den viel kleineren Norman, der nach hinten kippte und sich am Kopf stieß. Tränen rannen über seine Wangen. Er versuchte sie zu unterdrücken. Maroun half ihm auf die Beine und entschuldigte sich. Die Anspannung der letzten Tage hatte sich Luft verschafft. Er hatte es nicht böse gemeint, aber Norman war kaum zu beruhigen.

Der Ausruf war zu laut, um von den anderen überhört zu werden. Alle starrten für einen kurzen Moment herüber. Einer der jüngeren Glatzköpfe verließ den Speisesaal. Pepper hatte allerdings nur Augen für Babette, die sich überhaupt nicht um das Geschehen kümmerte. Wie alle anderen ging sie flugs zur Tagesordnung über, obwohl sie doch wissen musste, dass ein solch böses Wort Morana auf den Plan rufen würde.

Die Herrin des Hauses hatte sich rargemacht und war immer nur zur allabendlichen Adventsstunde erschienen, die sie jedoch einige Male vorzeitig verlassen hatte, nachdem ein Glatzkopf ihr etwas zugeflüstert hatte. Maroun, der direkt neben ihr gestanden hatte, hatte nachher erzählt, der Bedienstete habe die Rückkehr des Kutschers angekündigt.

Pepper bewegten allerdings die beiden anderen Worte Marouns viel mehr. Sie vergisst. Er war so mit seinen nächtlichen Ausflügen beschäftigt gewesen, dass ihm die Veränderung an Babette nicht aufgefallen war.

Nach ein paar Minuten flog die Tür des Speisesaals auf und Morana rauschte herein. Der kleine Norman biss sich auf die Lippen und schluckte die Schluchzer nun doch hinunter. Ohne viele Worte zu verlieren, ging Morana auf Maroun zu.

»Ich höre schlimme Dinge von dir, Maroun. Du störst den Frieden in unserem Haus. Du weißt, wie sehr du mir damit wehtust und deinen Freunden hier auch, so kurz vor der großen Bescherung!« Morana betonte ihre Worte, als könne sie sie selbst nicht glauben.

Pepper beobachtete Morana genau. Sie hatte noch nie jemanden ohne Umschweife einer Missetat beschuldigt. In den Augen der sonst so kalten Frau flackerte etwas auf, das Pepper bisher noch nicht an ihr aufgefallen war. Sie schien ernsthaft besorgt zu sein. Vielleicht war es sogar mehr. Etwas wie Schmerz blitzte auf, als sie Maroun aufforderte, die weihnachtliche Stimmung nicht zu verderben. Warum hatte er nicht früher daran gedacht?! Vielleicht war es das, was Boldizsár ihm noch sagen wollte, vielleicht war dies die Schwäche von Morana!

»Maroun ist ein gemeiner Dreckskerl!«, rief Pepper.

Der Beschuldigte starrte zuerst Pepper mit großen Augen an, dann suchte sein Blick den des Kings. Der zog verständnislos die Schultern in die Höhe.

Morana jedoch zuckte zusammen, als habe Pepper eine Peitsche über ihrem Kopf schnalzen lassen. Sie zog geräuschvoll die Luft durch die Zähne. Pepper hielt sie genau im Blick und ergriff sofort noch einmal das Wort.

»Er ist ein hinterhältiger Hund und bestiehlt die anderen.« Er hielt das Kettchen kurz in die Höhe und warf es dann zu Babette hinüber. Eines der Mädchen an ihrem

Tisch schnappte es und gab es Babette. Dabei öffnete sich das Medaillon.

»Das gehört doch dir?«, rief Pepper. »Hat nicht deine Großmutter selbst das Edelweiß darin gepflückt und für dich gepresst und getrocknet?«

Babette griff danach. Sie drehte das Schmuckstück in ihrer Hand.

Morana hatte sich wieder gefangen. In ihrer Stimme gewann der harte, unerbittliche Ton die Oberhand, den sie sonst zu verstecken suchte. »Was geht hier vor? Woher habt ihr Babettes Kette?« Sie atmete schwer. Mit einer Hand stützte sie sich auf eine Stuhllehne. »Bringt sie weg, alle! Maroun, Pepper und den Kleinen!«

Maroun, der die ganze Zeit fassungslos dagestanden hatte, regte sich endlich. Er sprang auf Pepper zu, rammte ihn mit der Schulter und eine Sekunde später wälzten sie sich ineinander verkeilt auf dem Boden. »Was fällt dir ein, du Verräter!?«, schrie Maroun. »Du hast doch …«

Sofort schnellte Peppers Hand vor. Er presste sie auf Marouns Mund. Pepper drückte seinen Angreifer auf den Boden und zischte: »Ich weiß, wie wir Morana besiegen können, vertrau mir.« Sofort spürte er, wie Marouns Widerstand nachließ. »Fang an zu heulen!«

Pepper hatte den Satz noch nicht ganz ausgesprochen, als ein lautes Schluchzen den Raum erfüllte, aber es kam nicht aus Marouns Kehle. Die Kinder im Speisesaal hatten den Tumult wie zu Eissäulen erstarrt beobachtet. Das Schluchzen war die erste Reaktion aus ihrer Mitte. Es war

Babette, die in Tränen ausbrach. »Großmutter«, rief sie immer wieder. Ihr Weinen steckte ein paar der anderen Mädchen an. Zuerst versuchten sie Babette zu trösten, aber je mehr sie sich ihr zuwandten und sie in die Arme nahmen, desto mehr öffneten sich die Schleusen, die ihre Tränen zurückgehalten hatten.

Sofort wandte Morana sich den Mädchen zu. Die streitenden Jungen schienen sie nicht mehr zu interessieren.

»Aufhören!«, schrie sie. »Sofort aufhören.«

Jetzt folgte Maroun Peppers Befehl und begann zu weinen. Es fiel ihm nicht ganz leicht, aber nach ein paar Sekunden schaffte er es, einige fast echte Tränen zu vergießen. Der King, der langsam begriff, was vor sich ging, hockte sich vor ein paar der kleineren Jungen, die sich um Norman geschart hatten, und redete flüsternd auf sie ein. Ein paar schauten bockig drein und regten sich nicht, aber einige nickten. Pepper stieg auf einen Stuhl und rief in die Menge: »Morana hat uns betrogen! Wir werden kein Weihnachten haben, nie mehr. Sie will alle in den dunklen Raum schicken.«

Mit den letzten Worten brach ein Tumult aus, bei dem Pepper nicht wusste, auf wessen Seite die Kinder standen. Einige schrien, andere versteckten sich unter dem Tisch, wieder andere starrten nur auf Morana, die wimmernd die Hände auf die Ohren presste. Die Glatzköpfe umringten sie, aber keiner hatte die sonst so eisige Herrin schon in einem solchen Zustand erlebt.

Endlich hatte er verstanden, was Boldizsár damit gemeint hatte, als er von der Flut der Tränen sprach, die Morana wegspülen würde. Die kalte Frau ertrug es nicht, wenn die Kinder im Haus weinten oder sich böse gaben. Es tat ihr weh, sie brauchte das Lachen und die Freude der Kinder und wenn sie auch noch so verlogen und geheuchelt war.

»Hol Babette«, befahl Pepper dem King. Er selbst zerrte Maroun aus einem Knäuel von Jungs und Mädchen, die durcheinanderplapperten.

»Was hast du vor?«, bedrängte der King Pepper.

Sollte er den anderen die Wahrheit sagen? Pepper zögerte einen Moment. Wenn er ihnen verriet, dass er keinen Plan hatte, würden sie kaum folgen. Aber er war überzeugt davon, dass sie jetzt Angelina holen und zusammenbleiben mussten. Morana würde alles tun, um wieder Frieden in ihr Haus zu bringen. Seit Boldizsárs Verschwinden hatte er gehofft, in der Kammer, die die persönlichen Dinge der Kinder barg, eine Lösung zu finden, etwas, mit denen die Worte von Mister Lugosis Bruder einen Sinn ergaben. Einen Teil des Rätsels hatte er durch einen Zufall gelöst, was jedoch im dunkeln Raum zu tun war – davon hatte Pepper keinen blassen Schimmer.

An der Tür stießen die vier mit Lucilla und Herrn von Kramp zusammen.

»Was ist hier los?«, fragte Lucilla.

Pepper hob die Hände in die Höhe und spielte den Ahnungslosen. »Morana, es geht ihr nicht gut. Wir wollten Hilfe holen …«

Von Kramp schob ihn zur Seite. Er stürzte in den Speisesaal. Obwohl alle den wilden Kerl mit der Zottelmähne und den bedrohlichen Hörnern kannten, kreischten nun auch die Kinder, die bisher noch Ruhe bewahrt hatten.

»Ihr bleibt hier«, schnauzte Lucilla. Als sie sich jedoch nach Pepper und seinen drei Freunden umschaute, waren sie schon verschwunden.

Die Geschichte, die die junge Frau ihr erzählt hatte, hatte Mrs Cloud nicht gerade beruhigt. Im Gegenteil: Sie machte sich nun noch mehr Sorgen um Pepper und dessen Schwester, die Agatha nie kennengelernt hatte, weil die Pepperfields erst nach Angelinas Verschwinden in die Stadt gekommen waren.

Sie war sich auch nicht sicher, ob sie glauben sollte, dass es sogar zu Weihnachten Mächte des Bösen gab, die ihr Unwesen trieben. Andererseits hatte es solche immer und überall gegeben. Die Haushälterin hatte sich oft gefragt, warum es einen guten alten Gottvater geben sollte, wenn doch in aller Welt die Menschen einander so viel Böses antaten, Hunger und Leid herrschte und es viele Kinder gab, die an keinem Tag im Jahr, auch nicht am Heiligen Abend oder zu Sankt Nikolaus, genug zu essen bekamen. Und wenn sie sich überlegte, mit welch roher Gewalt und mit welch schrecklichen Verwünschungen dieser schwarze Kutscher noch mehrmals versucht hatte, ins Haus einzudringen, kam sie zu dem Schluss, dass die Geschehnisse aus lange vergangenen Zeiten, von den die junge Frau berichtet hatte, sich wirklich zugetragen haben konnten.

Vor allem jedoch wurde Agatha ein Gefühl nicht los, nein, es war kein Gefühl, sondern eine Gewissheit. Die junge Frau, die sich weder vorgestellt hatte noch je von Mister Lugosi beim Namen genannt worden war, konnte nur eine Person sein. Agatha wagte es selbst nicht, ihr einen Namen zu geben. Die Angst den Zauber damit zu zerstören, der von dem Wesen ausging, war zu groß. Niemand hatte sie je sehen dürfen. Es war schon eine unglaubliche Sache, dass sie mit ihr in einem Raum gewesen war.

»Auf meine alten Tage habe ich, Agatha Cloud«, murmelte die Haushälterin, »doch tatsächlich …«

»Niemand gesehen!«, unterbrach Mister Lugosi sie.

Er hatte eine Runde durchs Haus gedreht und alle Rollläden und Schlösser kontrolliert.

»Ruhen Sie sich ein wenig aus«, empfahl er. »Sie brauchen dringend eine Mütze voll Schlaf.«

Agatha musste ihm recht geben. Ihr fehlte ihr gemütliches Bett und das üppige Daunenkissen, auf das sie jeden Abend mit drei tiefen Seufzern ihren Kopf sinken ließ. Ein Seufzer am Abend ist erfrischend und labend, war einer ihrer Wahlsprüche. Seit sie neben dem Kalender Wache schob, hatte Agatha keinen einzigen Abend ihre Sorgen hinausgeseufzt. Auch jetzt flatterten die Gedanken weiter kreuz und quer durch ihren Kopf. Vor allem die Stimme der jungen Frau wollte nicht verklingen.

»Unsere Aufgabe bestand doch darin, andere glücklich zu machen, Wünsche zu erfüllen«, hatte sie gesagt. »Aber eines Tages wurde Morana unzufrieden. Sie war schon immer anders als wir alle. Irgendwann brach sie einen heftigen Streit vom Zaun. Sie habe es endgültig satt, beschwerte sie sich. Immer nur geben, geben, geben! Immer die Wünsche der anderen erfüllen und dafür nie Dank zu erhalten! Immer im Verborgenen zu leben, ohne ein wahre Gestalt zu haben, sich nie zeigen zu können!

Ich rief ihr in Erinnerung, wie viel Lohn für uns der Glanz in den Augen all der Mädchen und Jungen sei, wenn sie am Weihnachtstag auf uns warteten. Morana war jedoch nicht davon abzubringen. Aus aller Herren Länder eilten die Vertreter der Weihnachtsmächte zu einer Krisensitzung herbei. Das hatte es noch nie gegeben: Eine von uns verlangte, aus dem Dienst entlassen zu werden! Père Noël, der holländische Sinterklaas, die Hexe Befana aus Italien und all die anderen. Selbst Väterchen Frost nahm den weiten Weg aus Russland auf sich. Als Morana sich vor der großen Versammlung erklären sollte, erschien sie nicht. Ich selbst suchte überall nach ihr – vergeblich. Nicht die geringste Spur hatte sie hinterlassen. Ein paar Gehilfen hatten sich auf ihre Seite geschlagen. Einer der Krampusse, eine Lichtprinzessin aus Santa Lucias Hofstaat und einer der schwarzen Kutscher verschwanden mit ihr. Sie musste einen mächtigen Beistand gehabt haben.«

Bei diesen Worten hatte die sonst zwar traurige, aber

ruhige Stimme gebebt. Agatha hatte genau hinhören müssen, so leise und verzagt hatte die junge Frau weitergesprochen.

»Niemand von uns kann draußen in der Welt ohne Hilfe bestehen, doch der Glaube an uns kann Berge versetzen. Es ist die Kraft der Wünsche, die tief im Innersten des Herzens ruht. Wir sind gleichermaßen machtvoll wie machtlos. Unsere größten Feinde sind die kalte Wirklichkeit, die Dunkelheit, das Böse schlechthin. Ahnen Sie, Mrs Cloud, mit wem Morana sich verbündete?«, hatte die junge Frau mit sorgenvollem Blick gefragt.

Mister Lugosi hatte Agatha die Antwort vorweggenommen: »Egal zu welcher Zeit, egal an welchem Ort: Der Herr der Finsternis stellt sich der Liebe und ihren Kräften entgegen. Glauben Sie, er würde sich vom Weihnachtsfest abhalten lassen? Nein, gerade die Feier zur Geburt seines ärgsten Widersachers ist ihm ein Dorn im Auge! Bis heute hat er jedoch nie den endgültigen Sieg davongetragen.«

»Lange Zeit hörten und sahen wir nichts von Morana«, ergänzte die junge Frau, »und wir wissen bis heute nicht ganz genau, wie es ihr ergangen ist. Vielleicht bereute sie ihren Schritt? Dann aber verschwanden Kinder zur Weihnachtszeit. Gerüchte rumorten. Jemand glaubte, den schwarzen Kutscher gesehen zu haben und immer wieder wurde von einem sonderbaren Geruch nach fauligen Kartoffeln berichtet. Da wussten wir, dass etwas vorgeht.«

»Warum wurde dem Treiben nicht sofort ein Ende gesetzt?«, hatte Agatha Cloud gefragt.

»Liebste Agatha«, mischte Béla Lugosi sich ein, »das Böse wäre längst aus der Welt verschwunden, wenn es nicht so trickreich, hinterhältig und dazu noch außerordentlich fantasievoll wäre. Es mussten erst einmal Mittel und Wege gefunden werden …«

Lugosi regte sich furchtbar auf. Er bekam kaum Luft und überließ wieder der jungen Frau das Wort.

»Und vor allem brauchten wir die richtigen Helfer.«

»Pepper?« Die Missbilligung in Mrs Clouds Stimme war nicht zu überhören. »Ausgerechnet unseren Pepper?«

»Ihr Schützling Pepper ist ein schlauer und zäher Bursche, aber vor allem wünscht er sich nur eines: seine Familie zu Weihnachten glücklich und vereint zu sehen.«

Ihre sanfte Stimme schien gleichzeitig von allen Seiten in Mrs Clouds Kopf zu dringen. Sie hätte nicht sagen können, ob sie sie wirklich hörte oder ob es nur die Gedanken der Gestalt war, die sie vernahm.

Jetzt hielt sie Agatha einen blauen Briefbogen vor die Nase. Das Papier verströmte einen Hauch von Lavendel und es kam ihr irgendwie bekannt vor.

»Er schickt mir seit dem schrecklichen Ereignis vor sechs Jahren diesen Wunsch.«

Die Gestalt zückte weitere Zettel und Papiere.

»Jedes Jahr! Schauen Sie nur. Wenn jemand der Sache ein Ende setzen kann, dann Jeremias W. Pepperfield. Ich bin mir sicher, dass wir den richtigen Jungen ausgewählt haben«, sagte sie mit plötzlich sehr irdischer Bestimmtheit und Härte.

»Warum gehen Sie nicht selbst, sondern schicken einen kleinen Burschen? Das ist unverantwortlich und feige«, schnaubte Agatha, zügelte sich aber schnell, denn es schien ihr nicht wirklich angebracht, gerade diesem Wesen gegenüber zu ungehörigen Worten zu greifen. »Oder Sie, Béla! Sie hätten es tun müssen!« Wenn Agatha ihn betrachtete, zweifelte sie allerdings selbst daran, dass der alte Herr ausgerechnet für einen Kampf gegen den Herrn der Finsternis der Richtige gewesen wäre.

»Ich wäre selbst gegangen, das können Sie mir glauben«, verteidigte sich Lugosi, »doch es ist unmöglich, weil niemand, der das zwölfte Lebensjahr vollendet hat, die Schwelle übertreten kann.«

»Machen Sie ihm keinen Vorwurf, meine Liebe. Er hat alles getan, was in seiner Macht stand, und er hat den Versuch, durch das Tor zu gehen, fast mit dem Leben bezahlt.«

Der Adventskalender stand immer noch mitten in Mister Lugosis Laden. Mrs Cloud war ein paarmal um ihn herumgeschlichen, hatte sich jedoch nicht einmal getraut, ihn zu berühren oder gar eine der Türen zu öffnen. Auch jetzt stand sie davor und grübelte.

»Tun Sie es nicht, Agatha«, warnte Béla Lugosi. »Der Griff an eine Hochspannungsleitung ist harmloser als der Schlag, der jeden Erwachsenen beim Überschreiten der Grenze trifft. Wir sind ganz und gar darauf angewiesen, dass Pepper den Weg hinaus findet.«

»In unserer Welt herrschen andere Gesetzmäßigkeiten.«

Die Gestalt im Schatten schien sich zu rühren, aber sie trat nicht hervor. Die Umrisse ihres Körpers waren für einen kleinen Moment zu erahnen, aber schon verschwand sie wieder vollständig im Dunkel der Ecke, von der aus sie zu Mister Lugosi und Agatha Cloud sprach.

»Mit roher Gewalt können wir nichts ausrichten, aber es gibt eine Kraft, die sie bezwingen kann.«

»Dann muss diese Kraft auf der Stelle ihren Hintern in Bewegung setzen und meinen Jungen aus diesem …«, Agatha versetzte dem Kalender einen Tritt, » … Autsch! Da hinaus holen, jawohl!«

Pepper hatte die Führung übernommen. Glatzköpfe rannten herbei, die der Krach im Speisesaal von ihren Aufgaben weglockte.

Immer wenn ihnen einer von Moranas Dienern begegnete, riefen Maroun, der King oder Pepper ihnen zu, dass ihre Herrin Hilfe brauche, so schnell wie möglich. Als einer der Männer sie festhalten wollte, drängte Pepper ihn einfach zur Seite und rannte weiter. Je tiefer sie in den Teil des Hauses vordrangen, der ihnen eigentlich verboten war, desto stiller und vorsichtiger wurden sie.

Das Haus war unübersichtlich und vor allem hatte Pepper sich immer nur im Dunkeln hergeschlichen und durch die Geheimgänge. Plötzlich erschien es ihm schwieriger, den Weg in den hell erleuchteten Fluren zu finden als in der finsteren Nacht.

Dann jedoch hörte Pepper am Ende eines Flurs ein lautes Schnarchen. Er kannte das Knurren und Röhren. Er hatte es bei den nächtlichen Besuchen bei Angelina immer wieder durch die verschlossene Tür gehört. Nun sah er, wen Morana als Wachposten aufgestellt hatte: Der schwarze Kutscher saß zusammengesunken auf einem Stuhl neben der unscheinbaren Pforte. Die Hände des bärtigen Mannes lagen gefaltet in seinem Schoß, den Kopf hatte er nach hinten an die Wand gestützt. Mit herunterhängender Kinnlade sägte er einen ganzen Wald ab.

»Und jetzt?«, fragte Maroun.

»Toller Wachmann, ich rieche den Schnaps bis hierher«, flüsterte der King.

»Wenn er aufwacht und uns alle sieht, schlägt er Alarm«, meldete sich Babette zum ersten Mal, seit sie den Speisesaal verlassen hatten, zu Wort.

»Wir müssen ihn fesseln«, schlug Pepper vor.

»Und womit?« Der King verdrehte die Augen.

Pepper schaute sich um. Es gab weit und breit nichts, womit sie einen ausgewachsenen Mann fesseln konnten. Babette trug ein Halstuch, Maroun einen Gürtel, aber beides reichte nicht aus, um den Kutscher außer Gefecht zu setzen.

»Wir müssen ihn überrumpeln«, sagte Pepper schließlich. »Und dann wickeln wir ihn ein wie eine Kohlroulade von Mrs Cloud.«

»Ich hasse Kohl«, grinste der King, der verstanden hatte, was Pepper plante. »Der Teppich, stimmt's?«

Pepper nickte. »Deinen Gürtel, Maroun. Babette, dein Tuch brauchen wir auch.«

Die beiden händigten das Verlangte ohne zu fragen aus. Sofort schlich Pepper zu der Tür. Der Kutscher rührte sich nicht. Nur seine Brust hob und senkte sich mit jedem der lauten Atemzüge. Pepper winkte die anderen zu sich, die seinem Zeichen völlig lautlos folgten. Er gab dem King das Halstuch und deutete auf die Lippen des Kerls, dann hob er die Hand. Nacheinander senkte er jeweils einen der ausgestreckten Finger: fünf, vier, drei, zwei, eins und ballte die Faust.

Im selben Moment stopfte der King das Halstuch in den offenen Mund des Schläfers, während Pepper blitzschnell den Gürtel um dessen Füße schlang und zuzurrte.

Der schwarze Kutscher riss zuerst die Augen auf, versuchte nach Luft zu schnappen und zu schreien. Es kam nur ein abgewürgtes Grunzen heraus. Er sprang auf die Beine, stürzte jedoch sofort zu Boden, weil er die Fesseln an seinen Fußgelenken zu spät bemerkte.

»Los!«, brüllte Pepper, worauf sich die anderen auf den zappelnden Mann warfen. Babette setzte sich auf den Rücken. Maroun zog seine Arme nach hinten. Obwohl ihr Gegner betrunken und ziemlich überrumpelt war, konnten sie ihn kaum bändigen.

»Schneller«, rief Maroun.

Der Kutscher bäumte sich auf. Ein Hustenanfall schüttelte ihn jedoch durch, weil sich das Halstuch in seinem Mund voll Spucke saugte. Er verschluckte sich beinahe daran. Mit vereinten Kräften schafften die vier Kinder es, eine Seite des abgewetzten Teppichs, der den Flur auskleidete, über den ächzenden Mann zu werfen. Sie drehten ihn schnell mitsamt dem Läufer. Sobald dieser Anfang gemacht war, konnten sie den Kutscher ohne große Mühe weiter einrollen.

»Er darf keinen Bewegungsspielraum haben«, trieb Pepper seine Freunde an, aber sie hatten schon ein zappelndes, grunzendes Paket zusammengerollt.

»Bis er sich daraus befreit hat, sind wir weg«, verkündigte der King stolz.

Sie schauten sich an. Keiner sprach ein Wort. Jeder von ihnen stellte sich dieselbe Frage, aber keiner wagte sie auszusprechen. Selbst wenn sie Angelina befreien konnten, waren sie doch immer noch Gefangene in Moranas Haus.

»Wir dürfen keine Zeit verlieren«, durchbrach Pepper das Schweigen.

Er legte die Hand auf die Klinke zu der Tür, die der Kutscher bewacht hatte. Sie war nicht verschlossen.

Angelina saß in einem Sessel neben dem Bett. Ein Tablett mit ein paar Broten und einer Kanne Kräutertee stand auf ihrem Nachttisch.

»Angelina!«, rief Babette, als sie ihre Freundin erblickte. Die beiden Mädchen fielen sich in die Arme.

»Schnell, für Geheule haben wir keine Zeit!«, trieb Pepper sie an. »Wir müssen weiter!«

Angelina folgte auf der Stelle ihrem Bruder. Die anderen rührten sich nicht.

»Sagst du uns jetzt endlich, was du vorhast?«, fragte Maroun.

»Willst du dir den Schlitten vom schwarzen Kutscher schnappen und ab geht die Post?« Der King gab sich überhaupt keine Mühe, den Spott in seiner Stimme zu verbergen.

»Wir brauchen keinen Schlitten!«

»Pepper, du bist zu müde«, schaltete Babette sich ein. »Wir schaffen es nicht. Sieh es einfach ein. Ich bin so froh, dass du mir die Kette gebracht hast, ohne sie wäre ich im nächsten Jahr wie alle anderen aufgewacht, ohne Erinnerung an mein Zuhause.« Einen Augenblick klang Babette, als wäre es ihr anders lieber gewesen. »Wir müssen warten. Im nächsten Jahr finden wir einen Weg.«

»Nein!« Peppers Stimme überschlug sich fast. »Auf keinen Fall. Ich habe Mum versprochen, dass wir ein tolles Weihnachten haben, dieses Jahr und nicht irgendwann und nicht nächstes Jahr. Wisst ihr eigentlich noch, wie lange ihr hier seid?«

Der King nickte traurig. »Natürlich wissen wir das. Zu lang.«

»Boldizsár hat gesagt, wir müssen in den dunklen Raum«, sagte Pepper. Er hatte die Worte fast tonlos ausgesprochen, aber alle hatten sie verstanden.

Angelina durchbrach als Erste das Schweigen. »Bist du verrückt geworden? Warum hast du mir nichts davon gesagt?«

Pepper hatte es seiner großen Schwester verschwiegen.

Er hatte es auch dem King und den beiden anderen nicht gesagt.

»Du bist vollkommen verrückt. Wir haben noch nie jemanden wiedergesehen, der im dunklen Raum war«, sagte Maroun.

»Das habt ihr wohl. Ihr habt sie nur nicht erkannt, weil sie plötzlich alt waren – und Moranas Diener.«

Den anderen dämmerte, was Pepper damit sagen wollte. »Die Glatzköpfe?«, fragte der King.

Pepper nickte.

Ein verführerisches Angebot

Bevor Pepper etwas sagen konnte, machte sich jemand an der Tür von Angelinas Zimmer bemerkbar. Sie waren nicht schnell genug gewesen.

Morana stand mit einem kalten Lächeln auf den Lippen im Rahmen.

»Ich weiß längst, dass sie deine Schwester ist, aber ich hätte nicht gedacht, dass du so hartnäckig bist. Du hast ein ganz schönes Tohuwabohu unter den Kindern veranstaltet. Du bist ein schlauer Bursche, aber glaube mir, ein zweites Mal schaffst du das nicht.«

Morana pulte in ihrem Ohr und holte ein weißgelbes Klümpchen hervor. Es war Kerzenwachs.

»Es hat mich einige Mühe gekostet, die Bande im Speisesaal zu beruhigen, aber jetzt könnt ihr heulen, so viel ihr wollt! Hat der alte Kerl dir verraten, dass mich nur eines umhaut? Ja, ja, ein paar harmlose Tränen und Morana wird weich. Jeder hat halt eine Schwäche, das ist das Erbe dieser buckligen Weihnachtsfamilie. Väterchen Frost, Nikolaus, Christkind – dieses scheinheilige Pack, aber ich bin nun mal mit ihnen verwandt und wir ertragen alles, nur keine weinenden, unglücklichen Kinder. Aber gib dir keine Mühe, du erwischst mich nicht noch einmal auf dem falschen Fuß. Und wenn du und deine Schwester erst einmal im dunklen Raum seid, habt ihr keine Chance mehr. Dann wird alles seinen Lauf nehmen und schon bald wird sich niemand mehr erinnern, was passiert ist.«

Pepper und seine Freunde hatten Morana gebannt zugehört. In Peppers Kopf arbeitete es von der ersten Sekunde an. Er durfte Morana nun nicht nachgeben.

»Gib auf, Pepper«, verhöhnte Morana ihn. »Du mischst dich in Dinge, die zu groß für dich sind. Mach es dir und deinen Freunden nicht schwerer als nötig. Geht jetzt alle auf eure Zimmer und ruht euch aus. Wir wollen doch bei der großen Bescherung putzmunter sein, oder?«

»Boldizsár hat mir alles erzählt!«

Pepper sprach den Satz ganz gelassen aus. Wie oft hatte er schon beim Pokern mit Roy Sattler und seinen Kumpanen verloren, weil dieser bluffen konnte wie kein anderer. Jetzt ging es um alles oder nichts und Pepper hoffte, dass ihm selbst nun ein Bluff gelang. Aber es musste ein wirklich guter sein.

»Aha, Boldizsár hat dir alles erzählt?«

Moranas Stimme verriet keinerlei Unsicherheit.

»Ja. Der Weg«, stotterte Pepper. Er spürte, dass ein guter Bluff gar nicht so leicht war, sammelte sich und versuchte sehr überzeugt zu klingen. »Streng Nordnordost, nach 97 Minuten.«

Morana zog eine Augenbraue in die Höhe.

»So, so, das hat er also gesagt. Ein bisschen ungenau,

oder? Hat er auch gesagt, wie weit ihr nach Nordnordost wandern müsst? Und was euch auf dem Weg alles erwartet? Und wie kalt es ist? Und wie schnell eure kleinen Fingerchen und Füßchen abgefroren sind?«

Plötzlich schlug ihr säuselnder Ton um, wurde stahlhart und laut.

»Oder von den Wölfen abgefressen?«

»Es gibt keine Wölfe.«

Ein Zucken. Pepper war sich nicht sicher, aber Moranas Augen hatten für den Bruchteil einer Sekunde geflackert.

»Ich weiß nicht, wie du es machst, aber es gibt die Wölfe nicht.«

»Du hast sie selbst gesehen!«

»Nicht gesehen, nur gehört. Und vielleicht nicht einmal das. Die Monster unter meinem Bett waren auch nie da, obwohl ich mir sicher war, sie gehört und gesehen zu haben. Als kleiner Knirps«, schickte er schnell noch hinterher, damit niemand auf die Idee kam, er habe heute noch Angst davor.

Pepper behielt Morana scharf im Blick. Beim letzten Satz fingerte sie nervös an den Verschlüssen ihres Pelzumhangs.

»Du kannst dich gerne auf die Wanderschaft nach draußen machen«, warf sie spöttisch hin, aber Pepper war sich nun sicher, dass sein Verdacht richtig war.

Fieberhaft überlegte er, was Boldizsár noch gesagt hatte, als Morana ihn hatte wegführen lassen. Die Tränen würden Morana wegspülen. Das war ihr Schwachpunkt.

Bei aller Bosheit und Kälte, die sie in sich trug, wurde sie weich wie Butter, wenn die Kinder traurig waren und weinten. Boldizsár hatte von der Macht der Kinder gesprochen. Vielleicht bluffte Morana genauso, wie er selbst zu bluffen versuchte.

Peppers Gegnerin fand langsam wieder ihre Sicherheit.

»Du wirst dir noch wünschen, hier in der guten warmen Stube zu sitzen und die leckere heiße Schokolade zu trinken.«

Ohne Pepper auch nur eines Blickes zu würdigen, drehte sie auf dem Absatz um und befahl, die Kinder endlich wegzubringen und alles vorzubereiten. Ein paar der kräftigen Glatzköpfe bewegten sich schon auf den King und Maroun zu.

Die Kraft der Wünsche!, schoss es Pepper durch den Kopf. Es hatte etwas mit den Wünschen zu tun. Deshalb mussten alle ihre Wünsche immer wieder aufschreiben. Und bekamen sie immer alle von Morana erfüllt. Aber was genau war es? »Sie werden herausfinden, dass sie sich nur durch die Kraft ihrer Wünsche befreien können«, waren Boldizsárs Worte gewesen.

»Wir sind nicht so dumm, uns in der Kälte zu verirren. Du weißt genau, dass wir uns durch die Kraft unserer Wünsche …« Pepper konnte den Satz nicht vollenden.

Morana stieß einen spitzen Schrei aus. Ihr Gesicht war zu einer Fratze verzogen. Nicht einmal zuvor hatte Pepper diese sonst so regungslose Miene so verzerrt gesehen.

»Was weißt du von den Wünschen«, kreischte sie, biss

sich aber schnell auf die Lippen. Sie merkte selbst, dass sie sich verraten hatte.

»Volltreffer«, murmelte Pepper, dann ging alles ganz schnell. Er stieß Morana aus dem Zimmer. Der King reagierte blitzschnell und bevor einer der Glatzköpfe nach ihnen greifen konnte, hatten sie sich in der kleinen Kammer verbarrikadiert. Draußen hämmerte Morana gegen die Tür, schrie und fluchte, drohte Pepper und seinen Freunden alle Strafen der Welt an. Maroun hatte eine Stuhllehne unter die Klinke geklemmt. Es würde nur eine Frage der Zeit sein, einer kurzen Zeit, bis dieses unzulängliche Bollwerk nicht mehr ausreichen und ihre Gegnerin sich mit Gewalt Zugang verschaffen würde.

Mit einem Mal verstummte sie. Grabesstille herrschte im Flur.

»Ist sie weg?« Babettes Frage war fast nur ein Flüstern gewesen.

Morana antwortete jedoch auf der Stelle: »Nein, sie ist nicht weg.«

Auch durch die Tür spürte man, wie sehr Morana sich beherrschen musste. Es kostete sie offensichtlich größte Mühe, aus ihrer Stimme alles Bedrohliche zu verbannen.

»Ich will mit Pepper verhandeln!«

Blicke flogen zwischen Pepper und den anderen hin und her. Keiner konnte sich vorstellen, dass Morana verhandeln würde.

»Sie will uns reinlegen«, flüsterte der King noch leiser als zuvor Babette.

Pepper nickte. Auf faire Verhandlungen konnten sie bei dieser Frau sicher nicht hoffen. Er winkte die anderen zu sich und sie steckten die Köpfe dicht zusammen, sodass sie sich leise beraten konnten.

»Warum schlägt sie die Tür nicht ein und holt uns einfach? Sie hat genug Leute und sicher das ein oder andere Küchenmesser.« Maroun zog sich die Handkante an der Kehle entlang. »Zack, kurzer Prozess!«

»Irgendetwas hindert sie, aber was?«, fragte Babette. »Hast du eine Idee?«, wandte sie sich an den King.

Der zuckte nur die Achseln.

Pepper beantwortete ihre Frage: »Sie glaubt, dass wir etwas wissen. Etwas, das ihr sehr schaden könnte.«

»Was?«, fragten die anderen zugleich und vergaßen dabei, ihre Stimmen zu dämpfen.

»Was ist da drinnen los?«, drängte Morana vor der Tür. »Lange steht mein Angebot nicht. Verhandeln oder nicht?«

»Verdammt, ich weiß es nicht genau«, wisperte Pepper. »Es muss etwas geben, das uns Macht über sie verleiht. Wir könnten uns allein durch die Kraft der Wünsche befreien …«

Er schilderte den anderen nochmals das Erlebnis, als Boldizsár gefangen genommen wurde.

»Also, Jeremias W. Pepperfield«, machte sich Morana wieder bemerkbar. »Hier ist mein Angebot: Ich lasse dich gehen. Dich und deine Schwester. Jetzt, auf der Stelle! Der Kutscher bringt euch nach Hause und ihr werdet schön euer mieses kleines Weihnachten feiern bei euren Eltern oder wem auch immer.«

Pepper trat an die Tür heran.

»Und was ist mit den anderen?«

»Nur du und Angelina«, antwortete Morana. »Du kannst es dir überlegen. In einer Stunde kommst du zu mir und teilst mir deine Entscheidung mit.«

Mrs Cloud schüttelte den Kopf. Dann murmelte sie Dinge, die niemand verstand, sprang auf, stapfte durch den Laden, raufte sich die Haare, die mittlerweile in alle Himmelsrichtungen standen, trommelte mit den Fingern auf der Tischplatte. Danach machte sie das Ganze in umgekehrter Reihenfolge sowie kreuz und quer. Angeblich half ihr diese Prozedur beim Nachdenken.

Sie wollte einfach nicht glauben, dass ein weibliches Mitglied der Familie Cloud, die seit acht Generationen Hausdamen, Kindermädchen und Wirtschafterinnen in ungebrochener Linie hervorbrachte, tatenlos zuschauen sollte, wie ein ihr anvertrauter Sprössling Schaden an Leib oder Seele nahm. Ihre Urgroßtante hatte immerhin einen Neffen vierten Grades des Thronfolgers als Privatlehrerin in Musik unterrichtet. Aus ihm war zwar nur ein Bar-Pianist geworden, aber Königshaus war Königshaus!

»Wir müssen dem Jungen helfen, Mister Lugosi. Was ist mit Homer?«

Die Bulldogge ahnte sofort, welche unangenehmen Folgen die Idee, die in dieser Dame aufkeimte, für sie haben konnte. Immerhin versorgte Mrs Cloud den Hund mit Köstlichkeiten, von denen er bei seinem Mister nicht einmal träumen durfte, aber ansonsten war sie weder freundlich zu Homer noch hatte sie Verständnis für seine ausgedehnten Mittagsschläfchen.

»Der Stammbaum des Hundes reicht 500 Jahre zurück, aber in dieser Zeit haben sich seine Fähigkeiten als Kampfhund gegen wild gewordene Bullen …«

Lugosi zögerte, da er seinem treuen Freund nicht zu nahe treten wollte.

»Na ja, sagen wir es so: Sie haben sich ein wenig verflüchtigt.«

Mrs Cloud ließ nicht locker, sondern ging vor Homer in die Hocke. Bevor er unter irgendein Möbelstück verschwinden konnte, hatte sie ihn schon bei den krummen Stummelbeinen gefasst. Der Hund balancierte nun aufrecht auf den Hinterpfoten, was außerordentlich unbequem war.

»Zwei, die auf eine so glorreiche Ahnenreihe zurückschauen, geben sich nicht so schnell geschlagen, Homerchen, stimmt's?«

Homer war nicht dumm. Natürlich bedeuteten die plötzliche Zuneigung und das *Homerchen* nur eins: Die Dame wollte ihm Honig ums Maul schmieren, womit sie bei einem Vertreter seiner Art nicht weit kam. Er mochte keinen Honig.

Mehr als ein Winseln konnte Mrs Cloud dem Tier nicht

entlocken. Es klang nicht sehr nach einer Zustimmung, aber Agatha verfügte über eine fast vierzigjährige Erfahrung darin, wie man widerspenstige Kinder zu folgsamem Betragen bringen konnte. Sie wusste, dass nicht alle diese Methoden ganz dem neuesten Stand der Erziehungskunst entsprachen, aber bei einem Hund waren sie durchaus noch vertretbar.

»Nun ja«, sagte sie, nachdem sie Homers Beinchen mit großer Vorsicht wieder auf den Boden gestellt hatte, »wenn man natürlich ein ausgemachter Feigling ist, der sein Rudel in der größten Not im Stich lässt ...«

An dieser Stelle legte sie eine lange Pause ein, stützte sich an einem Regal ab und schniefte geräuschvoll. Agatha vergoss niemals eine Träne, hauptsächlich aufgrund einer angeborenen Schwäche der zuständigen Drüsen, aber im Imitieren einer herzzerreißenden Traurigkeit war sie nicht schlecht.

» ... dem vielleicht sogar egal ist, ob sein Herr an gebrochenem Herzen stirbt ...«

Sie warf einen unauffälligen Blick über die Schulter und war zufrieden. Wenn Homer über mehr als einen Stummelschwanz verfügt hätte, hätte er ihn sicher eingezogen. Seine Ohren lagen jedenfalls beschämt an und sogar die sabberigen Lefzen schienen noch etwas tiefer hinabzuhängen als sonst. Trotzdem legte Agatha noch ein bisschen nach.

»... und dass unschuldige, kleine Kinder in den Schlund ...«

Die Bulldogge legte sich platt auf den Boden. Seine eingedrückte Schnauze verbarg Homer unter der rechten Vorderpfote. Er gab zwar immer noch nur ein Winseln von sich, aber es klang ganz deutlich nach einer Zustimmung.

Bevor Béla Lugosi einschreiten konnte, hatte sie den Hund auf den Schoß genommen und damit begonnen, ihm ihren Plan zu erklären. Homer mochte beides nicht. Weder den Schoß noch den Plan, der ebenso einfach wie verwegen klang.

Unbestritten war es eine himmelschreiende Ungerechtigkeit, fand Homer, dass Menschen den Kühlschrank öffnen konnten und Hunde nicht. Noch schlimmer war aber, dass dieselben Menschen nicht in der Lage waren, auf sich und ihre Kinder aufzupassen. Eine kurzbeinige englische Bulldogge so lange an seine angeblichen Pflichten als treuester Freund des Menschen zu erinnern, bis jene englische Bulldogge dieses Ding mit den vierundzwanzig Türen betrat – das grenzte an Tierquälerei.

Nachdem er die Schwelle überschritten hatte, war nichts von alldem passiert, wovor sein Mister und die alte Dame ihn gewarnt hatten, außer, dass es tatsächlich ziemlich dunkel war und eiskalt. Homer hasste Dunkelheit und Homer hasste Kälte. Zwischen seinen Zehen bildeten sich schon kleine Eisklümpchen, die nicht nur zu Frostbeulen führten, sondern auch scheuerten.

Es lag ein interessanter Geruch in der Luft. Das war das einzig Angenehme. Irgendwie hatte Homer das schon einmal gerochen, im Vorratskeller, wo die Kartoffeln aufbewahrt wurden.

Warum er immer wieder losgeschickt wurde, um diesen Jungen zu holen, blieb Homer ein Rätsel. Zuerst wurde er in den Laden gelockt, dann verschwand er in dem Ding mit den Türen, dann musste er ihn zurückholen. Eines war klar: Menschen waren wankelmütige und komplizierte Wesen.

Die Frau hatte Homer ein Paar Handschuhe unter die Nase gehalten und »Such! Such!« gerufen. Natürlich war das völliger Blödsinn. Was dachte die sich eigentlich? Nur weil sie selbst keine Gerüche auseinanderhalten konnte, mussten doch nicht alle Lebewesen so unfähig sein. Natürlich hatte Homer den Geruch des Jungen schon beim ersten Zusammentreffen gespeichert. Es konnte noch so schön eklig in dieser verlassenen Gegend riechen, die Fährte von … Homer hatte den Namen vergessen. Namen waren nicht seine Stärke.

Jedenfalls hatte der Junge den Wald durchquert. Irgendwo an einem Baumstumpf hatte er sich länger aufgehalten. Dort waren auch noch ein paar äußerst intensive Düfte zu erschnuppern gewesen, allerdings nichts Menschliches. Pferde und ein Ziegenbock, meldete Homers nicht besonders großes Gehirn. Wälder waren normalerweise sehr verwirrend, was Gerüche anging, weil jeder normale Hund sich von all den Wesen, die man verfolgen und vielleicht auch fangen und fressen konnte, ablenken ließ. Natürlich war Homer kein normaler Hund, allerdings gab es in diesem Wald weder Eichhörnchen-Köttel noch irgendwelche Fährten von Hasen, Rehen oder anderem Getier.

Die letzten Bäume hatte Homer noch gar nicht so lange hinter sich gelassen, als er ein Licht sah. Da auch der Geruch des Jungen aus dieser Richtung herüberwehte, trottete Homer darauf zu.

Salt, dachte die Bulldogge, er heißt Salt, und Homer war sehr stolz darauf, dass sein Namensgedächtnis doch nicht so schlecht war. Helfen würde es nicht, weil sich aus seinem Maul alle Namen gleich anhörten: wuff und manchmal wau.

Falls er mit den Eisklumpen zwischen seinen Zehen überhaupt jemals dieses Haus, das mehr und mehr Gestalt annahm, erreichen würde.

Die Stille im Flur währte schon eine geraume Zeit. Auch in Angelinas Kammer sprach niemand. Der King hatte sich auf den Boden gesetzt und stützte sein Kinn auf die über den Knien verschränkten Arme. Sein Blick bohrte sich irgendwo in die gegenüberliegende Wand, als könne er sie durchdringen, aber eigentlich starrte er ins Nichts. Ab und zu schlurfte ein Fuß über den Boden, wenn einer der vier seine Sitzposition änderte, oder Marouns geräuschvolles Nasehochziehen durchbrach die Schweigsamkeit. Moranas Angebot stand wie ein stacheldrahtbewehrter

Zaun zwischen ihnen, an den sich niemand heranwagte, weil man sich allzu schnell eine blutige Wunde daran holen konnte.

»Wir gehen auf keinen Fall ohne euch«, sagte Pepper.

»Quatsch!«, antwortete der King sofort. »Ihr müsst die Chance nutzen und euch aus dem Staub machen.«

Seine Worte beschrieben, was Pepper befürchtete. Es wäre genau das: Sie machten sich aus dem Staub und überließen die anderen ihrem Schicksal.

»Es muss eine andere Möglichkeit geben.«

Babette stimmte dem King zu. »Du kannst draußen Hilfe holen.« Sehr überzeugt von dem, was sie sagte, schien sie jedoch nicht zu sein.

Pepper wusste, dass Morana ihnen eine Falle stellte. Sie hatte bestimmt nicht vor, jemanden gehen zu lassen, und wenn sie es doch täte, gab es garantiert keine Möglichkeit, den anderen zu Hilfe zu kommen. »Dann könnte sie uns doch gleich alle gehen lassen! Kapiert ihr das nicht? Morana ist nicht dumm.«

»Vielleicht hat sie den Kalender diesem Mister …«, Maroun suchte nach dem Namen. »Diesem Mister Dingsbums …«

»Lugosi«, korrigierte Pepper ihn.

»… diesem Mister Lugosi doch wieder abgeluchst. Wenn Pepper und Angelina irgendwie herauskämen, könnten sie nicht wieder rein, wie sollen sie uns dann helfen?«

»Ganz genau«, stimmte Pepper ihm zu. »Sie will uns

nur auseinanderbringen, das ist alles. Aber sie fürchtet sich, sie fürchtet sich vor etwas, sonst würde sie nicht diesen Handel vorschlagen.« Er nahm den Stuhl, der die Tür blockierte, weg.

»Was hast du vor, Pepper?«

Angelina versperrte ihm den Weg. Ihr Bruder schob sie sachte beiseite.

»Es gibt nur einen Raum, in dem wir sicher sind.«

Er öffnete die Tür. Morana stand wenige Meter entfernt im Flur. Ihr Gesicht strahlte fast vor Siegesgewissheit.

»Gibst du auf?«

Mit einem Schlag war Peppers Mund ausgetrocknet, seine Hände hingegen waren klatschnass. Auch auf seiner Stirn sammelte sich der Schweiß. Er raffte allen Mut zusammen und gab seinen Worten so viel Sicherheit wie eben möglich.

»Ich verlange Zugang zum dunklen Raum.«

Einige Sekunden lang herrschte Totenstille. Nur das trockene Schlucken aller Anwesenden war zu hören.

»Und meine Freunde hier auch. Und Angelina. Wir wollen in den dunklen Raum.«

»Niemand will in den dunklen Raum, ganz bestimmt nicht«, zischte Morana. »Du weißt doch genau, was dort mit dir passiert – mit euch allen.« Sie stapfte auf Angelina zu und fasste sie bei den Händen. »Bring ihn zur Vernunft, du bist doch ein kluges Mädchen«, schmeichelte sie ihr.

Ohne auch nur einen kleinen Augenblick zu zögern,

erwiderte Angelina: »Pepper weiß, was er will, das war schon immer so. Als er vier Jahre alt war, wollte er …«

»Es interessiert mich gar kein bisschen, was dieser Rotzjunge mit vier Jahren wollte!«

Morana drehte auf dem Absatz um. Sie klatschte in die Hände, worauf zwei ihrer Diener ihr zur Seite stehen wollten, aber im selben Moment entfuhr Morana ein spitzer Schrei. Sie wich so hastig zurück, dass sie fast über den Saum ihres Pelzumhangs stolperte.

Zu ihren Füßen stand ein Hund, kein sehr schöner, aber zurückschrecken musste man auch nicht vor ihm. Um das Tier herum breiteten sich vier kleine Pfützen aus. Das Wasser schien aus seinen Pfoten zu rinnen. Auf den zweiten Blick erkannte man, dass die kurzen, krummen Beine in apfelsinengroßen Eisklumpen endeten, die in der Wärme des Hauses zu schmelzen begannen.

Pepper brauchte ein paar Sekunden, bis er die englische Bulldogge erkannte.

»Homer!«, rief er und ging dabei in die Hocke, um den Hund gebührend in Empfang zu nehmen.

»Wie kommt dieser Köter hierher?« Moranas Tonfall ließ keinen Zweifel daran, dass sie keinen Wert auf Haustiere legte.

Die Frage stellte Pepper sich jedoch ebenfalls, während er Homer seinen Freunden vorstellte. Allerdings verschwieg er dabei, wem der Hund gehörte. Es war gewiss nicht ratsam, Morana daran zu erinnern, dass der Adventskalender, an dem ihr so viel gelegen war, noch immer in einem kleinen Laden von einem Herrn namens Lugosi bewacht wurde, denn dafür war Homer der beste Beweis.

Das Klackern von Homers Eisfüßen war ein paar Momente lang das einzige Geräusch. Homer tippelte zu Pepper und setzte sich direkt vor ihm auf seinen Stummelschwanz. Ein einziges »Wuff!« brachte Homer zustande und auch dieses klang ein wenig zerkratzt aus dem Hals des Hundes.

»Schafft dieses Vieh raus!«, befahl Morana. »Ich hasse Kuscheltiere und hässliche Kuscheltiere erst recht.«

Sofort nahm Pepper den Hund auf den Arm. Er hätte nicht gedacht, dass er sich über den Anblick dieser zerknautschten Hundeschnauze einmal freuen würde, aber in diesem Moment hätte er sie sogar knutschen können. Angesichts des Sabbers um Homers Lefzen herum ersparte er es sich jedoch.

Homer hasste es, auf den Arm genommen zu werden. Die Dame und ihre Glatzköpfe beunruhigten ihn jedoch. Schon der Mann mit den Hörnern, den er an der offenen Zugbrücke getroffen hatte, war Homer nicht sehr sympathisch gewesen, obwohl er sehr schön streng nach Ziegenbock gerochen hatte. »Miastköta!«, hatte er geschrien und: »Woate, i kriega di scho!« Dann war er aber doch bei dem Schlitten und den davorgespannten Pferden geblieben, wie es Morana ihm ausdrücklich befohlen hatte. Homer war weiter unbehelligt durch das unübersichtliche Haus gelaufen, Peppers Geruch immer in der Nase.

Pepper gab Homer weiter an Babette, die neben der in Decken gehüllten Angelina auf einer Bank saß. Vorher jedoch löste er so unauffällig wie möglich den kleinen Beutel aus Frischhaltefolie vom Halsband des Hundes. Pepper hatte ihn sofort gesehen, als er Homer auf den Arm genommen hatte. Etwas war in das durchsichtige Plastik eingewickelt und mit zwei braunen Pflasterstreifen am Lederriemen im Nacken der Bulldogge festgeklebt worden.

Babette nahm das nasse, kalte Fellbündel auf den Arm. »Schmieg dich an mich, du kleiner Knuddel«, begrüßte sie Homer, den noch nie jemand so bezeichnet hatte. Er quittierte es mit dem freundlichsten Schnaufen, das er hervorzubringen vermochte.

»Worauf wartest du noch?«, fragte Morana.

»Darauf, dass du dein Wort hältst.«

»Das tue ich. Ich lasse dich und Angelina gehen.«

Pepper schüttelte den Kopf. »Du hast versprochen, dass du all unsere Wünsche erfüllst, stimmt's?« Er blickte in die Runde.

Alle nickten.

»Habe ich das etwa nicht getan?«, brauste Morana auf. Sie wies mit ihrem spitzen Zeigefinger auf Maroun.

Hinter seinem Rücken wickelte Pepper die Plastikfolie auf. Er wickelte und wickelte. Derjenige, der dieses längliche, schmale Päckchen geschnürt hatte, hatte sich viel Mühe gegeben. Nicht einmal die Mumie eines Pharaos war so gut eingewickelt.

»Hast du nicht deine Chemie-Kästen bekommen, mit

denen du die Luft verpestet, wenn deine Versuche misslingen – und sie misslingen dauernd!? Oder du …« Sie nahm Babette ins Visier.

Sobald Morana ihm den Rücken zugewandt hatte, rollte Pepper das kleine Stück Papier auf, das sich in der Folie verborgen hatte. Obwohl es so sorgsam eingepackt worden war, hatte sich ein wenig Feuchtigkeit den Weg hinein gebahnt. Die Schrift verschwamm auf dem weißen Untergrund bereits etwas, aber Pepper konnte den Satz noch lesen. Er erkannte die kleinen rundlichen Buchstaben sofort. Schon oft hatte er Nachrichten auf der Schiefertafel in der Küche vorgefunden, wenn er nach Hause gekommen war: *Musste noch schnell zum Fleischer!* stand dort oder *Finger weg vom Apfelstrudel!* oder einfach *Guten Morgen, liebe Sonne!* Meistens hatte Mrs Cloud noch ein Strichmännchen, eine lachendes Mondgesicht oder eine Blume daneben gemalt.

»Die teuren Puppen, die fast größer sind und mehr echte Haare haben als du? Hast du sie nicht alle, alle, alle in deinem Zimmer?«, hörte Pepper Morana sagen, aber ihre Stimme drang nur von weiter Ferne an sein Ohr.

Die wenigen Worte auf dem Zettel beschäftigten Pepper so sehr, dass alles um ihn herum plötzlich nicht mehr vorhanden zu sein schien. Zuerst tauchten Fragen auf: Wie konnte Mrs Cloud ausgerechnet Homer eine Nachricht ans Halsband kleben? Sie musste bei Mister Lugosi gewesen sein, aber warum hatte nicht der Ladenbesitzer selbst … War ihm vielleicht etwas zugestoßen? Das hätte Mrs Cloud doch auf den Zettel schreiben können. Aber nur dieser eine Satz?

Die erste Zeile aus ihrem Lieblings-Weihnachtsgedicht, sonst nichts. Und dann auch noch mit einem Fehler.

Noch einmal las Pepper den Vers. *Dir* statt *euch*, dachte Pepper. Das war der Fehler. Sie hatte *dir* geschrieben, aber richtig musste es *euch* heißen. Mrs Cloud wusste doch ganz genau, wie es richtig lautete. Sie murmelte es doch selbst so oft, wenn sie den Teig für die Weihnachtsplätzchen knetete, natürlich nur, wenn sie glaubte, allein in der Küche zu sein.

Moranas Stimme bahnte sich wieder den Weg in Peppers Bewusstsein. »Was glaubst du, was heute passiert? Wenn ihr schön eure Wunschzettel geschrieben habt, gibt es eine wunderbare Bescherung. Es ist schon alles bereit, die Geschenke sind verpackt.«

»Wir wollen deine Geschenke nicht«, meldete sich der King zu Wort. »Wir wollen, dass du dein Versprechen hältst. Wir wünschen uns etwas ganz anderes.«

»Na schön! Ich habe alle eure Wunschzettel. Ich kann beweisen, dass alle Wünsche erfüllt wurden.«

An der Stirn der Frau traten die Adern hervor. Man konnte sehen, wie das Blut darin wallte.

»Das hast du nicht!«

»Pepper hat euch alle nur aufgewiegelt! Seid doch nicht dumm, Kinderlein.« Plötzlich säuselte Morana. Mit lieblicher Stimme schmeichelte und umwarb sie die Mädchen und Jungen. »Ihr habt es doch so gut bei eurer Morana, an nichts fehlt es euch. Niemand sonst tut das alles für euch. Wie oft sind alle eure Wünsche schon erfüllt worden?« Sie steigerte sich immer weiter in einen Schwall von Worten, Versprechungen und Beschimpfungen. »Glaubt ihr etwa, da draußen erginge es euch besser? Nein, das glaubt ihr nicht wirklich? Niemand täte das alles für euch, niemand, niemand. Zum Narren gehalten haben sie euch! Ammenmärchen erzählen sie euch! Vom Christkind und …« Morana biss sich auf die Zunge und verstummte auf der Stelle.

Pepper betrachtete noch einmal den Zettel in seiner Hand. Drei Ausrufezeichen bekräftigten den Satz, der dort stand. Auf eine ihrer kleinen Zeichnungen hatte Mrs Cloud verzichtet, was wohl die Ernsthaftigkeit der Nachricht unterstreichen sollte.

»Es bleibt dabei«, sagte Pepper. »Wir wollen in den dunklen Raum.«

»Du hast es so gewollt!«, knurrte Morana.

Ein Zweikampf ohne Waffen

Morana führte sie höchstpersönlich zu der Kammer. Den Glatzköpfen, dem Kutscher, sogar Herrn von Kramp und Lucilla hatte sie verboten, sie zu begleiten. Auf dem Weg, der quer durch ihr Gemach führte, war sie still voranmarschiert. Nur ab und zu kicherte sie, und Pepper hätte nicht genau sagen können, welche Art von Kichern es war. War es siegesgewiss? Oder hatte sie Angst vor Peppers Entschlossenheit? Vor der Tür zum dunklen Raum drehte sie sich plötzlich um. »Nur du und ich. So sind die Regeln.«

»Das ist eine Falle!«, warnte der King.

Angelina fasste Pepper bei der Hand. »Wir gehen nur gemeinsam hinein.«

Auch Maroun und Babette traten einen Schritt vor.

Ob es eine Falle war oder nicht, wusste Pepper nicht. Er kannte auch die Regeln nicht, jedenfalls nicht so genau, wie Morana vermutete. Vielleicht testete sie ihn nur? Seit er die sonderbare Nachricht von Mrs Cloud gelesen hatte, war er sich ziemlich sicher gewesen, worauf es ankam. Ziemlich sicher. Nicht hundertprozentig sicher. Jede Minute auf dem Weg zum dunklen Raum hatte ihn jedoch wieder unsicher werden lassen.

»Ich gehe allein mit ihr hinein!«

Pepper zog seine Hand aus der seiner Schwester. Seine Entscheidung fiel ihm nicht leicht. Gerade hatte er Angelina wiedergefunden und nun wusste er nicht, ob er sie vielleicht erneut verlieren würde. Um sie nicht zu beunruhigen, verzichtete er darauf, sich von ihr und den anderen zu verabschieden.

Ich muss daran glauben!, beschwor er sich. Fest daran glauben! Er sagte jedoch kein weiteres Wort, sondern folgte Morana, als diese die Tür öffnete.

Die Überraschung beim Überschreiten der Schwelle war groß. Der dunkle Raum war alles andere als dunkel. Es roch muffig darin, weil die Tür seit Langem verschlossen gewesen war und es kein Fenster gab.

Dort, wo an den Wänden einmal Bilder gehangen hatten, waren jetzt nur noch schmutzige Ränder zu sehen. Es gab kaum Möbel, keine Teppiche, keinen Kamin, nur ein Stehpult, auf dem ein Bleistiftstummel, ein Anspitzer und ein paar Blätter vergilbten Papiers lagen. Ungemütlich, schmutzig, verlassen – alles das war der Raum, nur nicht dunkel, denn eine nackt von der Decke baumelnde Glühbirne gab genug Licht und blendete sogar.

Gegenüber der Tür, durch die sie getreten waren, gab es eine weitere Pforte, deren Klinke oder Knauf fehlte. Die Vorrichtung dazu war da, auch ein Schlüsselloch fehlte nicht, wohl aber der dazugehörige Schlüssel.

»Bitte schön.« Morana deutete auf das Stehpult. »Du bist nicht der Erste, der auf diese Blätter geschrieben hat und sicher bist du auch nicht der Letzte.« Ihre Hände hatte sie in einen der Pelzmuffs vergraben, ohne die Morana nie zu sehen gewesen war. Jetzt diente die flauschige Rolle nicht dazu, ihre immer kalten Finger zu wärmen. Keiner sollte sehen, dass sie vor Aufregung zitterten.

Pepper umrundete das Stehpult einmal, zweimal und ein drittes Mal. Er ging zu der Pforte, berührte das Schlüsselloch.

»Es gibt nur einen Schlüssel«, hörte er Morana hinter sich. »Keine Axt auf der ganzen Welt kann diese Tür gewaltsam öffnen. Es war einfach, hier herein zu gelangen, nicht wahr? Der Rückweg ist viel schwieriger.«

»Das ist das 24. Türchen im Kalender?!« Pepper drehte sich um. Er wollte Morana ins Gesicht schauen.

»Natürlich ist es das. Du weißt es doch. Boldizsár hat es dir gesagt! Aber weißt du auch, warum er die Tür damals nicht öffnen konnte?« Ein höhnisches Grinsen huschte über ihr blasses Gesicht. »Hat er es dir verraten?« Sie brach in ein schallendes Gelächter aus. »Nein, das hat er nicht, denn er weiß es nicht. Keiner weiß es, nur ich und …« Morana zögerte. »… sie. Aber selbst wenn er es gewusst hätte, durfte er es dir nicht sagen.«

Pepper warf einen Blick auf die Taschenuhr, die Béla ihm mitgegeben hatte. Als er sie öffnete, erklang die kleine Melodie. Der Nachmittag war bereits weit vorangeschritten. Es war mindestens seit ein oder zwei Stunden dunkel. Die Straßen waren verlassen, weil alle drinnen saßen, die Bescherung erwarteten. Die Kinder bibberten dem Augenblick entgegen, konnten es kaum abwarten, bis sie ihre Zimmer verlassen und hinunter zum Weihnachtsbaum sausen durften, voller Hoffnung, dass das Christkind ihre Wünsche erfüllt hatte.

»Schreib deinen Wunsch auf«, befahl Morana. Die Spannung stand ihr ins Gesicht geschrieben.

Pepper nahm den Bleistift. Er schrieb ohne Hast. Er hatte nicht lange überlegen müssen, welchen Wunsch er auf dieses Papier bringen sollte – es gab nur einen einzigen. Mitten im Satz begann seine Hand ein wenig zu zittern, schließlich aber vollendete er die Bitte genau so, wie er es sich ausgedacht hatte.

Er knickte das Blatt einmal der Länge und einmal der Breite nach. Einen Umschlag fand er nicht auf dem Stehpult, also schrieb er den Adressaten direkt auf das gefaltete Papier. Es war der späteste Zeitpunkt, um einen Wunschzettel loszuschicken, dessen war er sich bewusst. Und eigentlich hatte er den seinigen schon vor über drei Wochen in den geheimen Briefkasten auf dem Dach gesteckt, aber Pepper glaubte fest daran, dass das Christkind in wirklich wichtigen Fällen eine Ausnahme machen würde.

»Bist du fertig?«, fragte Morana kalt.

Als Pepper nickte, streckte sie die Hand aus. Pepper fragte sich, ob er ihr trauen konnte. Vielleicht würde sie den Zettel an sich reißen, sobald er ihn aus der Hand gegeben hatte!

Als hätte sie seine Gedanken erraten, sagte Morana: »Es gibt Regeln, an die auch ich mich halten muss. Aber bitte, leg ihn selbst hinein und dann mach dich auf etwas gefasst!« Sie deutete auf einen Kasten, der Pepper noch nicht aufgefallen war. Er glich dem auf dem Dach zu Hause.

Pepper befolgte Moranas Anweisung. Mit angehaltenem Atem starrte er auf die verschlossene Pforte. Er erinnerte sich daran, wie er am 1. Dezember den Kalender betreten hatte. Die Dunkelheit, das beklemmende Gefühl, die ersten Zeilen des Weihnachtsliedes, das er gehört hatte.

Draußen im Flur waren Stimmen zu hören. Jemand pochte an die Tür und riss sie dann auf. Der King und Angelina standen im Rahmen. Hinter ihnen füllte sich der Flur mit Glatzköpfen. Einige der kleineren Kinder drängten sich zwischen den Beinen der anderen hindurch. Lucilla war ganz am Ende des Gangs zu sehen.

»Pepper!«, rief Angelina. Sie zeigte mit dem ausgestreckten Finger auf die Gestalt hinter Pepper. »Schau dir das an!«

Pepper drehte sich um.

»Was hast du dir gewünscht?«, flüsterte Morana.

Sie nestelte an den Verschlüssen ihres Umhangs. Der Schweiß rann von ihrer Stirn hinab. Hektisch zerrte und riss sie an dem schweren Kleidungsstück. Als sie es geschafft hatte, den letzten Knopf zu öffnen, glitt der Pelz von ihren Schultern hinab. Morana stieß einen befreiten Seufzer aus. Die Kappe aus weißem Fell wischte sie mit einer schnellen Bewegung vom Kopf.

Keines der Kinder hatte sie bisher ohne ihre dicken, wärmenden Mäntel und Umhänge gesehen. Genauso wenig wussten sie, welch langes und wallendes Haar sie unter ihren Hüten verborgen hatte. Es hatte die Farbe von purem Gold.

Obwohl Morana nur ein weißes, in der Taille von einem breiten Gürtel gehaltenes Gewand trug, schien die Hitze für sie plötzlich unerträglich zu sein.

»WAS hast du dir gewünscht?«, fragte sie, aber Pepper kam nicht mehr dazu, ihr zu antworten.

Gleißendes Licht überzog alles um ihn herum. Er spürte, wie jemand seine Hand ergriff. Eine Mädchenstimme rief seinen Namen.

Mrs Cloud hatte selten in ihrem Leben so hervorragend und so viel gelogen wie in den letzten Tagen. Selbst wenn man alle Notlügen seit ihrem fünften Lebensjahr und alle Schummelversuche beim Bingo zusammenrechnete, übertraf dieser eine Tag alles.

Mister Lugosi hatte sie weisgemacht, Homer sei wegen der zu erwartenden Ereignisse besser bei ihrer Cousine Abigail aufgehoben. Deshalb habe sie ihn, während Béla geschlafen habe, dorthin gebracht. Sie war sich der Schändlichkeit ihres Handelns bewusst. Sie würde Homer bis ans Ende seiner Tage mit den besten Steaks, die Bauer Bofingers Kühe hergaben, belohnen, das hatte sie sich geschworen. Immerhin war der Hund mit ihrer Botschaft an

Pepper auf seinen krummen Beinen in den Kalender gewackelt, ohne dass es irgendwelche besorgniserregenden Anzeichen gegeben hätte.

Viel größere Sorgen hatte ihr der Gedanke an Peppers Vater bereitet, der aufgrund einer Verspätung seines Flugzeuges erst am Morgen des 24. angekommen war. Agatha hatte jedoch festgestellt, dass ihr Arbeitgeber ihr blind vertraute, wie es sich eigentlich auch gehörte. Er hatte alle Geschichten, warum sein Sohn erst zur Bescherung kommen würde, geglaubt, und er hatte sich sehr gefreut, dass Pepper sich an diesem besonderen Abend um die Menschen im Seniorenheim im Nachbarort kümmerte. Dass er den alten Leuten Weihnachtslieder auf der Blockflöte vorspielen würde, war ein heikles Detail gewesen, da Pepper nach seinem Vater schlug und völlig unmusikalisch war. Im Seniorenheim seien alle fast taub, hatte sie zur Absicherung ihrer Lügengeschichte hinzugefügt.

Mrs Gwendoline Pepperfield hatte sie wiederum erzählt, Pepper habe seinen Vater unbedingt am Flughafen abholen wollen und die Maschine sei so sehr verspätet, dass die Bescherung erst am späten Abend stattfinden könne. Diese Lüge streifte wenigstens die Wahrheit, wenn auch nur ganz knapp. Am schwierigsten war es jedoch gewesen, sich selbst zu belügen.

Die Glocke im Kirchturm schlug bereits zum achten Mal. Agatha hätte die dumpfen Klänge nicht gebraucht, um zu wissen, wie unerbittlich eine Stunde nach der anderen verstrich.

Sie erinnerte sich, wie es in ihrer eigenen Kindheit gewesen war. Wie sie auf das Klingeln des zarten Glöckchens gewartet hatte, das zur Bescherung rief. Sobald sich alle vor dem Weihnachtsbaum versammelt hatten, hatte ihre Mutter das Glöckchen zu dem anderen glitzernden Schmuck in der Tanne gehängt und bedauert, dass das Christkind die Geschenke auch in diesem Jahr wieder in einem unbeobachteten Augenblick dagelassen habe. Aber sie sei sich sicher gewesen, einen Zipfel des weißen Gewandes gesehen zu haben. Vielleicht waren es auch die Spitzen seines goldenen Haars gewesen! Allen Kindern, die Agathas Obhut anvertraut worden waren, hatte sie es genau so erzählt. Manches Mal hatte sie sich gefragt, ob sie nicht all die Jahrzehnte ihres Lebens weiter an diese Gestalt geglaubt hatte, die noch nie jemand gesehen hatte.

Sie war gerade dabei, diesen Glauben zu verlieren, als ein leises Beben durch den Laden ging.

»Haben Sie das gehört, Béla?«, fragte sie den alten Herrn.

Lugosi war in seinem Ohrensessel eingenickt. Die letzten Tage hatten ihn sehr mitgenommen. Er hatte Agatha freie Hand gelassen und es ihr nicht einmal übel genommen, dass sie Homer zu ihrer Cousine gebracht hatte.

»Da war etwas, ganz bestimmt!«, flüsterte Agatha.

Jetzt spürte auch Lugosi das Zittern. Die Scheiben einer Vitrine klirrten ein wenig, fast wie bei dem Erdbeben, das er vor Jahren im Osten erlebt hatte. Damals waren anschließend die Teller aus dem Küchenregal gefallen.

Sie erhoben sich fast zur gleichen Zeit. Agatha Cloud war jedoch schneller und erreichte den Adventskalender zuerst.

»Er bewegt sich«, stellte sie fest. Sie streckte die Hand aus.

»Nicht!«, warnte Lugosi sie, als hätte er vorausgesehen, was passieren würde.

Nicht die Erde bebte, sondern der Kalender. Das Rütteln wurde stärker und stärker. Es schien, als tobe darin eine wilde Bestie, die sich aus ihrem Gefängnis befreien wollte.

Agatha trat einen Schritt zurück.

Im selben Augenblick schlugen die ersten Türchen auf. Die 8, die 14 und die 21. Grelles Licht schlug aus den Öffnungen. Die gleißenden Strahlen blendeten so sehr, dass Béla Lugosi die Augen hinter der ausgestreckten Handfläche schützen musste. In seinen Ohren mischte sich ein Brausen und Klänge, die er noch nie gehört hatte. Keine menschliche Kehle, kein Instrument konnten solche Töne hervorbringen. Als die Tür mit der Nummer 24 sich öffnete, wirbelte ein Luftstrom durch den Laden, der jeden Tornado in den Schatten stellte.

Agatha stemmte sich gegen den Sturmwind. Papiere, ein ausgestopfter Papagei und ihr Filzhut, den sie an die Garderobe gehängt hatte, sausten an ihren Ohren vorbei. Die Ladeneinrichtung klirrte und schepperte, Stühle kippten um und selbst einer der schweren Schränke aus Ebenholz schwankte bedrohlich nach vorne. Die dicken, mit Gänsedaunen gefüllten Kissen, auf die sie und Béla in den letzten Tagen ihre müden Köpfe gebettet hatten, zerrissen. Die feinen weißen Federn stöberten wie zu groß geratene Schneeflocken durch den Laden.

Plötzlich herrschte absolute Ruhe.

Der Lichterglanz erlosch.

Ein silberner Pokal, der aus irgendeinem Regal gestürzt war, rollte noch leise klirrend über den gefliesten Boden.

Béla Lugosi hatte sich hinter den mächtigen Schreibtisch geduckt. Mrs Cloud hockte zusammengekauert neben der Ladentür. Nur die Daunen tanzten noch vergnügt durch die Luft. Als Agatha den Kopf aus der Armbeuge erhob, fuhr ihr ein langer, feuchter Lappen durchs Gesicht.

»Homer!«, seufzte sie. »Begrüßt man so eine Dame?«

Die Bulldogge antwortete ihr nicht, sondern watschelte zu ihrem Herrn.

»Wo kommst du denn her, alter Gauner?«, fragte Mister Lugosi.

Auch diese Frage beantwortete Homer nicht. Aus dem fedrigen Schneegestöber ertönte stattdessen eine Jungenstimme.

»Das ist eine ziemlich lange Geschichte, die am 1. Dezember begann, als ich eigentlich meine Mum besuchen wollte …«

»Nein, Pepper«, unterbrach den Jungen ein Mädchen. »Der Anfang war an einem 1. Dezember, als ich einen Laden betrat, in dessen Schaufenster Notenblätter lagen …«

»Ich will nicht unhöflich sein, Angelina«, korrigierte

die brüchige Stimme eines alten Mannes das Mädchen. »Es begann vor über achtzig Jahren, als ein vorwitziger Junge nicht auf seinen Bruder hörte, übrigens – es war an einem 1. Dezember.«

»Boldizsár, du …«, fragte Béla Lugosi. Der Rest ging im Geplapper von Stimmen unter.

Bei der Zahl der Mäuler, die an diesem Weihnachtsfest gestopft werden mussten, wurde Mrs Cloud einen winzigen Moment lang schummrig vor Augen. Nur einen sehr winzigen Moment. Schließlich schaute sie auf eine sehr lange Ahnenreihe zurück und eine Cloud hatte noch in keiner Familie versagt.

Zeitungsmeldung im Stadtanzeiger:

Ungeklärte Vorkommnisse am Heiligen Abend – Ermittlungen eingestellt –

von Anatol Lemur

Das plötzliche Auftauchen einer Vielzahl von Kindern in der Nacht vom 24. Dezember des vorigen Jahres bleibt weiterhin ungeklärt. Die örtliche Polizei stellte auf Antrag der Eltern der Kinder, die allesamt als vermisst galten, die Ermittlungen ein.
Der Verdacht, dass ein erst kürzlich zugezogener Geschäftsmann namens Lugosi mit den Vorkommnissen zu tun habe, erhärtete sich nicht. Mister Béla Lugosi, dessen Haus in besagter Heiligen Nacht bis auf die Grundmauern niederbrannte, ist wahrscheinlich Opfer der Flammen geworden. Weiterhin rätselhaft bleibt auch, warum im vergangenen Jahr weltweit kein einziger Weihnachtswunsch erfüllt wurde. Wissenschaftler aller Fachrichtungen treffen sich in Kürze auf einer internationalen Konferenz, um erste Forschungsergebnisse zu einem solchen alle Grenzen überschreitenden Phänomen auszutauschen.

Am darauffolgenden 1. Dezember

Pepper schaute zum Fenster hinaus. Es roch schon seit Tagen nach Schnee, aber in diesem Jahr war noch keine Flocke vom Himmel gefallen.

Vor Pepper lag ein schmaler Streifen Papier. Seit ungefähr einem Jahr trug er den Zettel mit sich herum. Die Schrift darauf war fast völlig verblasst. Bei seinem Sturz in den Gartenteich von Mrs Clouds Cousine Abigail war die wertvolle Notiz nass geworden und die Worte waren fast völlig ausgewaschen.

»Agatha, Sie sollen doch nicht auf die Leiter steigen«, hörte Pepper seine Mutter draußen rufen. Er reckte den Hals, um besser sehen zu können, was vor dem Haus passierte.

Mrs Cloud hantierte mit einer Lichterkette, die sie in einer der Tannen im Vorgarten befestigen wollte. Die Leiter, auf der sie balancierte, lehnte bedrohlich lose in den schwankenden Ästen des Baums. Gwendoline Pepperfield trat zu ihr und drückte mit dem linken Fuß fest auf die unterste Sprosse, um der Leiter samt Haushälterin mehr Stabilität zu geben.

Ein Grinsen huschte über Peppers Gesicht.

Aus den beiden Frauen waren seit dem vergangenen Winter dicke Freundinnen geworden, obwohl Gwendoline eine Zeit lang sauer gewesen war, dass Mrs Cloud die Geschehnisse der Adventszeit vor ihr geheim gehalten hatte. Jetzt tobten sich die beiden Frauen gemeinsam in Sachen Weihnachtsschmuck im und ums Haus herum aus. Nur auf einen Adventskalender würden in diesem Jahr alle verzichten, das war beschlossene Sache.

Aus dem Musikzimmer strömten die Klänge einer Geige durchs Haus. Früher hatte es Pepper oft genervt, wenn Mum oder Angelina übten. Jetzt konnte er nicht genug davon kriegen. Weihnachten würden sie zum ersten Mal ein Konzert geben. Es würde wieder *Mrs Gwendoline Pepperfield und ihre Tochter Angelina* auf den Plakaten stehen und Pepper würde in der ersten Reihe sitzen.

»Willst du deinen Wunschzettel nicht schreiben?«

Pepper fuhr erschreckt zusammen. Die Stimme kam ihm bekannt vor. Sie musste direkt hinter ihm stehen. In den Scheiben des Fensters spiegelte sich schemenhaft eine Gestalt, aber er traute sich nicht, sich umzudrehen.

»Du bist ein wirklich schlauer Bursche, Jeremias W. Pepperfield. Aber Mrs Cloud hat dir geholfen, habe ich recht?«

Pepper nickte.

»Ich habe gesehen, wie sie den Zettel schrieb und an Homers Halsband befestigte. Was stand darauf?«

»Denk dir, ich habe das Christkind gesehen«, sagte Pepper. »Da wusste ich, dass sie mir etwas sagen wollte. Ei-

gentlich heißt es nämlich anders und Mrs Cloud weiß ganz genau, wie das Gedicht richtig geht.«

»Denkt euch, ich habe das Christkind gesehen, es kam aus dem Walde …«

» … das Mützlein voll Schnee.«

Die Gestalt in Peppers Rücken lachte. »Genau. Dabei trage ich nie ein Mützchen und ein rot gefrorenes Näschen habe ich auch nicht. Warum drehst du dich nicht um?«

»Weil du dann vielleicht verschwindest. Niemand hat dich jemals gesehen. Aber ich wusste, dass du da bist und uns helfen würdest. Das hat Boldizsár und den anderen Kindern gefehlt. Sie haben nicht an dich geglaubt, stimmt's? «

»Ich sagte ja, du bist ein schlauer Bursche. Ja, das war Moranas Stärke: Die wenigsten glauben noch an die guten Weihnachtskräfte, aber nur damit war der Fluch, der über dem Haus hing, aufzulösen. Allerdings musste ich trotzdem alle Kräfte sammeln. Für die Erfüllung anderer Wünsche reichte es dann nicht mehr.«

»Warum hast du es nicht Mister Lugosi gesagt, bevor er mich in den Kalender geschickt hat?«

»Sobald es dir jemand verraten hätte, wäre der Glaube an mich nicht mehr aus deinem Herzen gekommen. Die Pforte wäre verschlossen geblieben. Mrs Cloud hat sich weit vorgewagt. Ein bisschen hatte ich befürchtet, sie ginge zu weit, aber es ist ja gut gegangen.«

Das war es. Obwohl es nachher eine Menge Fragen gegeben hatte.

»Ich muss jetzt weiter, Pepper. Ich habe viel zu tun um diese Zeit. Wir werden uns wahrscheinlich nicht noch einmal begegnen. Pass gut auf dich auf.«

»Warte!«, rief Pepper aus und fast hätte er sich doch umgedreht. »Ich habe noch eine Frage!«

»Ja?«

»Wie geht es Morana?«

»Sie erholt sich und wir geben uns alle die größte Mühe, dass sie sich bei uns wieder wohlfühlt – obwohl ein paar Leute ihr nur schwer verzeihen konnten, was sie getan hat. Aber das gehört genauso dazu. Reue und Vergebung. Sie konnte nie über ihren Schatten springen. Die Kälte und Einsamkeit haben ihr selbst arg zugesetzt, aber sie hat es nicht über sich gebracht, ihre Fehler einzugestehen und uns zu bitten, sie wieder aufzunehmen.«

Pepper hatte nach der Rückkehr aus dem Kalender nicht sofort verstanden, was passiert war, aber irgendwann war es ihm klar geworden. Sein Wunsch hatte nicht nur Angelina und ihn und die Kinder befreit. Er hatte sich im dunklen Raum gewünscht, dass alle im Haus wieder zu ihren Familien kämen. »Alle« bedeutete auch Morana.

»Ist sie deine Schwester?«, fragte Pepper.

»Natürlich bin ich deine Schwester, was denn sonst?«

Nun drehte Pepper sich doch mit einem Ruck um.

Angelina stand im Türrahmen.

In der einen Hand hielt sie ihre Geige, in der anderen einen Brief von Béla und Boldizsár, die still und ohne Aufsehen unter ihrem bürgerlichen Namen in wärmere Gefilde gezogen waren. Alle paar Wochen kam ein Brief mit den neuesten Nachrichten der beiden alten Herren und ihrer Bulldogge, die das Leben in der Sonne besonders genoss.

»Führst du neuerdings Selbstgespräche?«, foppte Angelina ihren Bruder. »Ich habe dich reden gehört und dachte, du sprichst mit Mrs Cloud oder Mama. Aber dann steht mein Brüderchen hier und plaudert mit dem Fenster.«

Pepper grinste und ließ sie in dem Glauben. Er wusste schließlich, mit wem er gesprochen hatte.

Reifenberg, Frank Maria:
Mister Lugosi und die verschwundenen Kinder
ISBN 978 3 522 18439 7

Gesamtgestaltung: Monika Parciak
Innentypografie: FSM Premedia GmbH & Co. KG
Reproduktion: Medienfabrik GmbH Stuttgart
Druck und Bindung: GGP Media GmbH, Pößneck

FSC www.fsc.org MIX Papier aus verantwortungsvollen Quellen FSC® C014496

Erstmals erschienen 2009 unter dem Titel:
Mister Lugosi und der unheimliche Adventskalender